中国诗人

李学栋 [著]

足迹心痕
ZU JI XIN HEN

春风文艺出版社
·沈 阳·

图书在版编目（CIP）数据

中国诗人．足迹心痕／李学栋著．— 沈阳：春风文艺出版社，2024.5
ISBN 978-7-5313-6712-3

Ⅰ．①中… Ⅱ．①李… Ⅲ．①诗集—中国—当代 Ⅳ．①I227

中国国家版本馆CIP数据核字（2024）第087397号

春风文艺出版社出版发行
沈阳市和平区十一纬路25号　邮编：110003
辽宁新华印务有限公司印刷

责任编辑：仪德明	助理编辑：余　丹
责任校对：于文慧	印制统筹：刘　成
封面设计：琥珀视觉	幅面尺寸：125mm × 195mm
字　　数：210千字	印　　张：11.25
版　　次：2024年5月第1版	印　　次：2024年5月第1次
书　　号：ISBN 978-7-5313-6712-3	定　　价：58.00元

版权专有　侵权必究　举报电话：024-23284391
如有质量问题，请拨打电话：024-23284384

目　录
CONTENTS

长岛	/1
蓬莱阁	/1
刘公岛	/2
北戴河	/2
九江	/3
武夷山	/3
厦门	/4
石家庄	/4
沙湖	/5
西夏王陵	/5
镇北堡影视城	/6
金银滩草原	/6
青海湖	/7
海口	/7
博鳌	/8
三亚	/8
开封	/9
洛阳	/9
秦皇岛	/10
涿州	/10
吉林敦化	/11
长白山天池	/11
邢台云梦山	/12

目 录
CONTENTS

鲤鱼门	/12
星光大道	/13
太平山	/13
香港荃湾	/14
荃湾赛马会德华公园	/14
新界大澳渔村	/15
香港文化博物馆	/15
香港历史博物馆	/16
兰桂坊	/16
深圳世界之窗	/17
南丫岛	/18
香港长洲	/18
深圳中国民俗文化村	/19
明斯克航母世界	/19
沙头角	/20
摩罗街	/20
荷李活道	/21
中国澳门（一）	/21
香港艺术馆	/22
香港黄大仙祠	/22
香港迪士尼游乐园	/23
港岛石澳	/23
港岛柴湾	/24

目　录
CONTENTS

九龙寨城公园	/ 24
东莞	/ 25
西樵山	/ 25
珠海石景山	/ 26
星海广场	/ 26
老虎滩海洋公园	/ 27
圣亚海洋水族馆	/ 27
大连金石滩	/ 28
霸州	/ 28
廊坊	/ 29
吉林通化	/ 29
通化集安	/ 30
云台山风景区	/ 30
殷墟博物馆	/ 31
王相岩	/ 31
林州大峡谷景区	/ 32
武汉	/ 32
昆明	/ 33
大理	/ 33
丽江	/ 34
承德	/ 34
齐齐哈尔	/ 34
哈尔滨	/ 35

目　录
CONTENTS

大庆	/ 35
安达	/ 36
五大连池	/ 36
黔灵山公园	/ 37
甲秀楼	/ 37
贵阳阳明祠	/ 38
贵州天台山	/ 38
连云港花果山	/ 39
月尾岛	/ 39
仁寺洞文化街	/ 40
水原民俗村	/ 40
水原华城	/ 41
景福宫	/ 41
首尔华克山庄	/ 42
涿鹿黄帝城	/ 42
鸡鸣驿	/ 43
怀来天漠	/ 43
康西草原	/ 44
莫斯科	/ 44
圣彼得堡	/ 45
呼和浩特	/ 45
希拉穆仁草原	/ 46
库布齐沙漠	/ 46

目 录
CONTENTS

哈尔滨之夜	/ 47
哈尔滨极乐寺	/ 47
哈尔滨文庙	/ 48
黑龙江大学	/ 48
太阳岛（一）	/ 49
圣·索菲亚教堂	/ 49
俄罗斯河园	/ 50
哈尔滨儿童公园	/ 50
房山蒲洼	/ 50
唐山	/ 51
趵突泉	/ 51
大明湖	/ 52
潍坊	/ 52
东营	/ 53
山东黄河三角洲	/ 53
昔阳大寨	/ 54
运城新绛县	/ 54
山西运城	/ 55
壶口瀑布	/ 56
王家大院	/ 56
平遥古城	/ 57
晋祠	/ 57
九龙十八潭	/ 58

目　录
CONTENTS

密云仙居谷	/ 58
止锚湾	/ 59
沈阳故宫	/ 60
张氏旧居	/ 60
沈阳北陵公园	/ 61
阿尔山	/ 61
满洲里（一）	/ 62
成吉思汗庙	/ 63
介休绵山	/ 63
洪洞大槐树	/ 64
百望山	/ 65
香山	/ 66
上海博物馆	/ 67
华东师大校园	/ 67
闵行七宝镇	/ 68
枫泾古镇	/ 69
多伦路文化街	/ 70
豫园	/ 71
上海老街	/ 71
上海老城隍庙	/ 72
外滩	/ 72
东方明珠塔	/ 73
南京路步行街	/ 73

目　录
CONTENTS

长风公园	/74
上海石库门	/74
嘉兴南湖	/75
乌镇民俗馆	/75
乌镇东栅	/76
乌镇西栅	/77
浙江绍兴	/78
西溪国家湿地公园	/78
唐山乐亭	/79
滦州古城	/79
广府古城	/80
黄粱梦吕仙祠	/80
武灵丛台	/81
邯郸市博物馆	/81
学步桥	/82
古石龙	/82
赵苑公园	/83
回车巷	/83
赵王城遗址公园	/84
北宫森林公园	/84
恭王府	/85
贵州凯里	/85
西江千户苗寨	/86

目 录
CONTENTS

镇远青龙洞古建筑群	/86
镇远舞阳河	/87
贵州镇远古城	/87
小七孔风景区	/88
大七孔风景区（一）	/89
大七孔风景区（二）	/89
丰台园博园（一）	/90
丰台园博园（二）	/91
延庆百里山水画廊（一）	/91
延庆百里山水画廊（二）	/92
延庆百里山水画廊（三）	/92
延庆百里山水画廊（四）	/93
门头沟韭园村	/93
越秀公园	/94
广州陈家祠	/94
广州珠江夜游	/95
虎门	/95
中国香港	/96
中国澳门（二）	/97
珠海圆明新园	/98
中山影视城	/98
开平立园碉楼	/99
七星岩	/99

目　录
CONTENTS

肇庆鼎湖山	/ 100
肇庆古城墙	/ 100
肇庆崇禧塔	/ 101
肇庆阅江楼	/ 101
三水荷花世界	/ 102
佛山祖庙	/ 102
海拉尔要塞	/ 103
满洲里（二）	/ 103
呼伦湖	/ 104
巴尔虎草原	/ 104
根河湿地	/ 105
遥桥古堡（一）	/ 105
遥桥古堡（二）	/ 106
密云云岫谷	/ 106
延庆野鸭湖	/ 107
怀柔神堂峪	/ 107
光岳楼	/ 108
海源阁	/ 108
聊城山陕会馆	/ 109
中国运河文化博物馆（一）	/ 109
中国运河文化博物馆（二）	/ 110
东阿阿胶养生文化苑	/ 110
景阳冈	/ 111

目　录
CONTENTS

阳谷狮子楼	/111
滕国故城遗址	/112
鲁班纪念馆	/112
墨子纪念馆	/112
滕州龙泉塔	/113
台儿庄大战纪念馆	/113
台儿庄古城	/114
微山湖	/114
潭柘寺	/115
大禹渡	/116
芮城永乐宫	/116
蒲州普救寺	/117
解州关帝庙	/117
运城临猗	/118
黄花城水长城	/118
老北京微缩景园	/119
昌平悼陵监	/119
沧州铁狮子	/120
沧州	/120
吴桥杂技大世界	/121
门头沟灵水村	/121
月亮河温泉度假村（一）	/122
月亮河温泉度假村（二）	/122

目　录
CONTENTS

世界花卉大观园	/ 123
独乐寺	/ 123
渔阳古街	/ 124
蓟县白塔（一）	/ 124
蓟县白塔（二）	/ 125
蓟县白塔（三）	/ 125
蓟县州河公园	/ 126
蓟县西井峪村（一）	/ 126
蓟县西井峪村（二）	/ 127
蓟县翠屏湖	/ 127
黄崖关长城	/ 128
雾灵山（一）	/ 128
雾灵山（二）	/ 129
古北水镇（一）	/ 130
古北水镇（二）	/ 130
顺义七彩蝶园	/ 131
双塔山	/ 131
承德普陀宗乘之庙	/ 132
避暑山庄	/ 132
塞罕塔	/ 133
木兰围场月亮湖	/ 134
漠河观音山	/ 134
李金镛祠堂	/ 135

目　录
CONTENTS

北极村	/ 135
松苑公园	/ 136
漠河火灾纪念馆	/ 136
漠河西山公园	/ 137
扎龙国家级自然保护区（一）	/ 137
扎龙国家级自然保护区（二）	/ 138
齐齐哈尔市劳动湖公园	/ 138
五大连池世界地质公园	/ 139
太阳岛（二）	/ 140
中央大街	/ 140
侵华日军第七三一部队遗址	/ 141
丁玲纪念馆	/ 141
怀来涿鹿	/ 142
宣化	/ 142
大境门	/ 143
张家口水母宫	/ 143
张家口堡子里	/ 144
张北太子湖	/ 144
中都草原	/ 145
元中都遗址	/ 145
沽源五花草甸	/ 146
宋庆龄陵园	/ 146
徐汇区桂林公园	/ 147

目　录
CONTENTS

田子坊	/ 147
青浦朱家角镇	/ 148
天津南市食品街	/ 149
龙庆峡冰灯节	/ 149
蔚州古城	/ 150
蔚县玉皇阁	/ 150
蔚县暖泉镇	/ 151
蔚县上苏庄	/ 151
人定湖公园	/ 152
海淀黄寺	/ 152
九天休闲谷	/ 153
越王墓	/ 153
中山詹园	/ 154
白洋淀	/ 154
荷花大观园	/ 155
白洋淀文化苑	/ 155
西柏坡	/ 156
直隶总督署	/ 157
古莲花池	/ 157
怀柔渤海所	/ 158
延庆四海镇	/ 158
赤城	/ 159
赤城汤泉河	/ 159

目　录
CONTENTS

草原天路	/ 160
延吉图们	/ 161
珲春防川	/ 161
延吉金达莱民俗村（一）	/ 162
延吉金达莱民俗村（二）	/ 162
渤海中京城遗址	/ 163
延吉市人民公园	/ 163
延边大学	/ 164
延吉金达莱广场	/ 164
延边博物馆	/ 165
平谷天云山	/ 165
平谷石林峡	/ 166
西湖苏堤	/ 167
胡雪岩旧居	/ 167
溪口蒋氏故居	/ 168
镇海中学	/ 169
宁波镇海楼	/ 169
天一阁	/ 170
陕西师范大学（雁塔校区）	/ 171
回坊风情街	/ 171
西安钟鼓楼	/ 172
大雁塔	/ 173
大唐不夜城	/ 173

目　录
CONTENTS

大唐芙蓉园	/ 174
西安明城墙	/ 175
曲江池遗址公园	/ 175
西岳华山（一）	/ 176
西岳华山（二）	/ 177
西安钟楼	/ 177
西安鼓楼	/ 178
化觉巷清真大寺	/ 179
大明宫国家遗址公园	/ 179
兴庆宫公园	/ 180
湘子庙街	/ 181
书院街	/ 181
西安博物院	/ 182
西安植物园	/ 183
昌平香堂文化新村	/ 183
乌龙山伯爵（海淀开心麻花剧场）	/ 184
国家大剧院	/ 184
霸州玫瑰庄园	/ 185
涿州古城墙	/ 185
张飞庙	/ 186
三义宫	/ 186
南宫民族温泉养生园	/ 187
周村古商城	/ 187

目　录
CONTENTS

千佛阁古建筑群	/ 188
淄博市博物馆	/ 188
博山陶瓷博物馆	/ 189
蒲松龄故居	/ 189
聊斋城	/ 190
管仲纪念馆	/ 190
太公湖国家水利风景区	/ 191
齐国历史博物馆	/ 191
临淄中国古车博物馆	/ 192
青州博物馆	/ 192
青州范公亭公园	/ 193
青州古城	/ 193
东营黄河口生态旅游区	/ 194
徒骇河湿地公园	/ 194
黄骅海盐博物馆	/ 195
敦化渤海广场	/ 195
敦化六鼎山风景区	/ 196
辽河碑林	/ 196
大洼田庄台	/ 197
柏乡汉牡丹园	/ 198
邢台清风楼	/ 198
邢台历史文化公园	/ 199
岐山湖景区	/ 199

目 录
CONTENTS

崆山天台山	/ 200
崆山白云洞	/ 200
南开中学	/ 201
天津鼓楼	/ 202
平谷小金山	/ 202
法门寺	/ 203
马嵬驿民俗文化村	/ 203
杨贵妃墓（一）	/ 204
杨贵妃墓（二）	/ 204
西安碑林	/ 205
西安大兴善寺	/ 205
星明湖度假村	/ 206
荣国府宁荣街	/ 207
赵云庙	/ 207
正定隆兴寺	/ 208
正定天宁寺凌霄塔	/ 208
河北博物院	/ 209
赵州桥	/ 209
赵县陀罗尼经幢	/ 210
盘县会址九间楼	/ 210
盘州老城门	/ 211
盘县张道藩故居	/ 211
灵山风景区	/ 212

目 录
CONTENTS

斋堂马栏村	/212
珍珠湖风景区	/213
长治市长子县	/213
武乡八路军文化园	/214
承德兴隆	/214
华清池	/215
兵马俑	/216
宝坻石经幢	/216
唐山运河唐人街不夜城	/217
唐山南湖公园	/217
唐山大地震影视基地	/218
乐亭文园	/218
乐亭县博物馆	/219
武清佛罗伦萨小镇	/219
房山堂上民俗村	/220
北普陀影视城	/220
田横岛	/221
即墨县衙	/221
即墨博物馆	/222
怀柔圣泉山	/222
张裕爱斐堡国际酒庄	/223
呼和浩特大召寺	/223
呼和浩特塞上老街	/224

目 录
CONTENTS

辉腾锡勒草原	/ 224
大同老城	/ 225
大同法华寺	/ 225
云冈石窟	/ 226
乌兰察布博物馆	/ 226
二连浩特国门景区	/ 227
二连浩特天鹅湖湿地公园	/ 227
二连浩特国家地质公园	/ 228
格根塔拉草原旅游区	/ 228
四子王旗	/ 229
武川	/ 229
和硕恪靖公主府	/ 230
绥远城将军衙署	/ 230
昭君博物院	/ 231
神泉生态旅游区	/ 231
赵武灵王墓	/ 232
赵武灵王主题公园	/ 232
平型关大捷纪念馆	/ 233
喀喇沁亲王府	/ 233
赤峰红山公园	/ 234
贞丰丰茂广场	/ 234
贞丰三岔河	/ 235
纳孔布依古寨	/ 235

目 录
CONTENTS

贞丰古城	/ 236
北京展览馆砥砺奋进的五年成就展	/ 236
阳朔	/ 237
阳朔兴坪渔村	/ 237
阳朔龙潭村	/ 238
阳朔漓江印象刘三姐	/ 238
靖江王城	/ 239
芦笛岩	/ 239
刘三姐大观园	/ 240
七星景区	/ 240
象山景区	/ 241
徐水中华孙氏文化园	/ 241
刘伶醉景区	/ 242
蜀山徽园	/ 242
渡江战役纪念馆	/ 243
安徽名人馆	/ 243
孙膑旅游城	/ 244
水浒好汉城	/ 245
曹州牡丹园	/ 245
定陶左山寺	/ 246
胜芳古镇	/ 246
平谷挂甲峪山庄	/ 247
临汾鼓楼	/ 247

目　录
CONTENTS

洪洞监狱	/ 248
汾河公园	/ 248
临汾大云寺	/ 249
临汾华门	/ 249
临汾尧庙	/ 250
临汾仙洞沟	/ 251
汤河口花海	/ 251
喇叭沟门原始森林风景区	/ 252
喇叭沟门满族民俗博物馆	/ 252
坝上第一草原	/ 253
多伦滦源湖	/ 254
多伦湖	/ 254
乌兰布统草原	/ 255
玉龙沙湖（一）	/ 255
玉龙沙湖（二）	/ 256
玉龙沙湖（三）	/ 256
曹娥庙	/ 257
朱自清旧居	/ 257
上虞博物馆	/ 258
肥西三河古镇	/ 258
合肥老报馆1952	/ 259
古逍遥津	/ 259
雷山木鼓广场	/ 260

目 录
CONTENTS

门头沟田庄村	/ 260
塘沽潮音寺	/ 261
坡峰岭	/ 261
北京西山国家森林公园	/ 262
观复博物馆	/ 262
中国现代文学馆	/ 263
中卫鼓楼	/ 264
中卫黄河宫	/ 264
国家博物馆改革开放四十年展览	/ 265
朝阳蓝色港湾	/ 265
贺己亥猪年春节	/ 266
国子监	/ 266
雍和宫	/ 267
大兴胡同	/ 267
文丞相祠	/ 268
周口店遗址	/ 268
徐水金浪屿	/ 269
宋辽古战道	/ 269
孝义营紫藤花海	/ 270
延津	/ 270
开封铁塔公园	/ 271
开封府	/ 271
开封延庆观	/ 272

目　录
CONTENTS

清明上河园	/ 272
开封博物馆	/ 273
龙门石窟	/ 273
洛阳白园	/ 274
白马寺	/ 274
小浪底	/ 275
辉县郭亮村	/ 275
辉县宝泉	/ 276
红海滩	/ 276
辽沈战役纪念馆	/ 277
笔架山	/ 277
多伦汇宗寺	/ 278
多伦湿地公园	/ 278
贵阳大十字广场	/ 279
秦皇古驿道	/ 279
韩信公园	/ 280
井陉天长镇	/ 280
井陉于家村	/ 281
井陉吕家村	/ 281
娘子关	/ 282
一剪梅·定州贡院	/ 282
如梦令·定州开元寺塔	/ 283
北京植物园	/ 283

目　录
CONTENTS

栖霞山	/284
南京鸡鸣寺	/284
南京明城墙	/285
南京博物院	/285
夫子庙	/286
秦淮河	/286
侵华日军南京大屠杀遇难同胞纪念馆	/287
江宁织造府	/287
石头城	/288
瞻园	/288
阅江楼	/289
浦口火车站	/289
永定河	/290
永定河绿色港湾	/291
昆明西山森林公园	/291
昆明民族村	/292
崇圣寺	/292
洱海	/293
苍山	/293
大理古城	/294
长沟泉水国家湿地公园	/294
通州漕运码头	/295
宽城文笔峰	/295

目　录
CONTENTS

陆丰碣石镇	/ 296
玄武山	/ 296
陆丰浅澳渔村	/ 297
定光寺	/ 297
双清别墅	/ 298
红海湾	/ 298
炮台公园	/ 299
南海寺	/ 299
坎下城	/ 300
凤山祖庙	/ 300
文天祥公园	/ 301
红宫广场	/ 301
彭湃故居	/ 302
海丰温厝村	/ 302
神泉峡	/ 303
京东大峡谷	/ 303
蟒山国家森林公园	/ 304
长阳滨河公园	/ 304
世界公园	/ 305
房山三流水村	/ 305
仙西山	/ 306
万景仙沟	/ 306
香山革命纪念馆	/ 307

目 录
CONTENTS

正镶白旗	/ 307
北天堂公园	/ 308
青龙湖公园	/ 308
紫谷伊甸园	/ 309
富国海底世界	/ 309
大兴野生动物园	/ 310
幽岚山童话森林	/ 310
虎去兔来	/ 311
九州伊甸园	/ 311
元上都遗址	/ 312
锡林郭勒博物馆	/ 312
蒙古汗城	/ 313
霍林郭勒观音山	/ 313
乌拉盖九曲湾	/ 314
乌拉盖在水一方	/ 314
乌拉盖知青小镇	/ 315
乌兰五台	/ 315
锡林浩特贝子庙	/ 316
水岸潮白景区	/ 316
大厂书画院公园	/ 317
杨柳青庄园	/ 317
杨柳青年画馆	/ 318
杨柳青古镇	/ 318

目　录
CONTENTS

杨柳青古镇石家大院	/ 319
平津战役天津前线指挥部旧址	/ 319
凤凰岭	/ 320
红色背篓基地	/ 320
龙脉温泉度假村	/ 321
苏州博物馆	/ 321
平江路	/ 322
观前街	/ 322
七里山塘街	/ 323
网师园	/ 323
金鸡湖	/ 324
寒山寺	/ 324
西园寺	/ 325
环球影城（一）	/ 325
环球影城（二）	/ 326
如梦令·运河广场庙会	/ 326
浣溪沙·城市绿心国际风情文化节	/ 327
如梦令·高碑店北库小镇	/ 327
忆江南·高碑店四届花灯节	/ 328
一剪梅·河北保定易县太行水镇	/ 328
一剪梅·元宵	/ 329

长岛

庙岛沙门长山列，渤黄交汇胶辽间。
西靠京津东韩日，南临蓬莱北大连。
民风淳朴遗迹众，耕海牧渔小康县。
天然氧吧历史悠，避暑胜地海仙山。
鲍鱼扇贝海带乡，候鸟百万享驿站。
奇雄秀险九丈崖，洁白晶莹月牙湾。
万年伫立望夫礁，天高地阔林海园。
时时处处驻足赏，偶尔蜃楼出天边。

1999年7月

蓬莱阁

丹崖山上古建群，自然风景人文博。
备倭防水刁鱼寨，依山引海停船泊。
海市蜃楼夏秋交，劈立奇峰琼楼多。

八仙凭宝凌波去，人间仙境蓬莱阁。

1999年7月

刘公岛

峦叠峰起松柏郁，花香鸟语鹿群出。
刀削斧劈直崖峭，民间传说刘公母。
水师学堂古炮台，清朝北洋提督署。
东隅屏藩不沉舰，海上仙山桃源府。

1999年7月

北戴河

海水——第一次，很蓝，第二次，很凉。
　　　　第三次，很咸，第四次，很脏……
日出——第一次，很神，第二次，很怪，

第三次，很黄，第四次，很白……

2001年6月

九江

含鄱口湖光山色，纵览万千乐境遨游。
望鄱亭云浓雾密，紫霞升腾莽莽苍苍。
三叠泉飘雪曳练，碎玉摧冰玉龙走潭。
浔阳楼名人云集，品茗听书墨宝存香。
白鹿洞历经沧桑，屡兴屡废清雅淡泊。
石钟山雄峙江滨，光影玉璧扼湖锁江。

2001年6月

武夷山

秃石山险，蛇制品好。
竹筏子爽，天游峰峭。

九曲溪美，大红袍少。
武夷宫古，崖墓群高。

2001年6月

厦门

鼓浪屿琴声悠扬，大担岛刺刀雪亮。
克虏勃炮管壮观，南普陀溢满佛光。

2001年6月

石家庄

南北通衢燕晋门，冀州鲜虞巨鹿郡。
石庄休门西柏坡，正定古城月瓮新。
柏林禅寺赵州桥，嶂石苍岩驼梁深。
平山温泉秦皇道，滹沱生态福万民。

2001年7月

沙湖

南沙沙黄黄胜金,北湖湖翠翠欲滴。
丛苇苇奇奇若画,荷花花亭亭玉立。
鱼鳖鳖肥肥出水,水鸟鸟聚聚成集。

2002年8月

西夏王陵

贺兰山麓夏王陵,荒漠草原一绝奇。
沟坎纵横生酸枣,厚实油亮绿叶密。
二百陪墓团团坐,历尽千年洪未袭。
八角五层密檐塔,东方金字塔成谜。

2002年8月

镇北堡影视城

粗犷荒凉戍防塞,古朴原始镇北堡。
中国一绝影视城,明星升起难胜数。
参观旅游做陶艺,自编自演亦乐乎。
餐饮购物兼骑射,让人着迷是黄土。

2002年8月

金银滩草原

青海海晏金银滩,方圆千里大草原。
夏日繁荣花盛开,百灵鸟儿歌一片。
金银遍地美而饶,研制首颗原子弹。
牧人孤独牛羊静,洛宾激昂歌遥远。

2002年8月

青海湖

库库淖尔青色来,内陆咸水远山黛。
圆岸线长引人朝,浩瀚缥缈波澜派。
鸟类繁多铺天地,东西南北巢遍在。
文成远嫁思家乡,日月宝镜变湖海。

2002年8月

海口

百越珠崖玳瑁县,北宋开埠史千年。
洪武海口千户所,交趾合浦七洲连。
琼台书院五公祠,骑楼老街西庙天。
琼剧八音麒麟舞,椰城旖旎风光艳。

2003年1月

博鳌

万泉入海博鳌镇，亚洲论坛会址群。
水尾圣娘慈云母，三江金牛聚宝盆。
龙潭农业蔡家宅，乐会古城玉带分。
天蓝沙白鱼丰浦，灯红酒绿待贵宾。

2003年1月

三亚

西岛潜水刺激，海角风光旖旎。
沙滩静坐悠闲，鹿回头山神秘。

2003年1月

开封

天波府忠勇犹存,包公祠正气浩然。
翰园碑名品众多,相国寺布局谨严。
黑铁塔恍然隔世,上河园梦华魂牵。
胡辣汤肉多实惠,灌汤包窗开味鲜。

2004年4月

洛阳

龙门石窟青山绿水,众生普度。
白马古刹殿阁峥嵘,清幽肃穆。
国色花园珍品荟萃,花香醉人。
香山故居园林优美,诗意十足。

2004年4月

秦皇岛

冀州碣石孤竹国，方士求仙秦皇说。
蔚蓝海岸老龙头，西港虎石鸽子窝。
雄关巍峨长城首，红衣大炮霸气多。
山河湖泉诸瀑洞，海关城港一仙螺。

2004年8月

涿州

大牌楼高柱高顶当街而站，
姑嫂塔砖基砖墙分立两边。
大石桥素身素栏横跨拒马，
老城墙黄土黄草沧桑一片。
郦元居青墙青瓦隐形村内，
圣母宫红门红户佑民无限。
张飞庙古井古石豪气满庭，

三义宫桃园桃花义薄云天。

2004年8月

吉林敦化

城不大很清静，路不宽很干净。
景不美很幽静，人不多很娴静。

2005年7月

长白山天池

因山路弯曲而悠然，因汽车疾驰而恐惧。
因植被多变而崇敬，因坡陡路滑而谨慎。
因温差巨大而爽快，因天池难见而神往。

2005年7月

邢台云梦山

云梦之山,植被丰富,
动物珍稀,赤壁翠崖;
壶天仙境,山势峭拔,
云白天蓝,神秘莫测。

2005年10月

鲤鱼门

油塘不见高楼群,低矮房屋有渔村。
清爽温柔吹波浪,袅袅娜娜绕庙身。
狭窄弯曲小径幽,色彩艳丽野花纷。
风光旖旎景色美,闹市之外净耳心。

2006年2月

星光大道

九龙尖沙海滨道，喜迎宾朋金像奖。
百年电影辉煌史，巨星手印一地行。
龙争虎斗李小龙，旧站钟楼圆穹顶。
灯光幻彩咏香江，近水楼台赏夜景。

2006年2月

太平山

硬头山上炉峰峡，扯旗歌赋观龙角。
嘉庆海盗张保仔，东西营盘瞭望哨。
豪宅鳞比亭园古，总督别墅暑气消。
俯瞰港口景色美，眺望夕阳灯火俏。

2006年2月

香港荃湾

市镇偏僻设施新,三栋老屋昔日村。
圆玄学院香火旺,善男信女太岁神。
蝴蝶鸭脚绕树飞,南珠粒大粉色嫩。
漫步沙滩听细浪,小憩树下赏黄昏。

2006年3月

荃湾赛马会德华公园

海坝村旧址,诸姓客家村。
义璋陈公祠,光绪二年存。
夯土青砖瓦,中式旧园林。
杉木顶蓬草,小径通幽深。

2006年3月

新界大澳渔村

纵横水道木棚屋，大屿山西小渔村。
三涌河道分两地，小艇穿梭庙宇林。
关帝铜钟声播远，百年界碑影犹存。
郊野公园胜景最，香港威尼美名真。

2006年3月

香港文化博物馆

中国传统四合院，左右对称游廊厅。
儿童探知爱自然，认识香港观旧影。
时光隧道联史前，渔家生活乡村景。
粤剧文物戏曲事，学习消闲更怡情。

2006年3月

香港历史博物馆

文物石刻古窑址，渔村都市巨变身。
婚嫁祭祀文献细，传统习尚藏品真。
仿古街道店铺全，双层电车座椅新。
九龙尖沙漆咸道，香港故事说古今。

2006年3月

兰桂坊

兰桂腾芳卵石巷，云集世界调多样。
横竖街道酒吧栉，夜猫胜地新时尚。
不尚奢华陈设简，侍应穿梭生意忙。
娱乐遣兴豪美食，西方风情言不详。

2006年3月

深圳世界之窗

民居雕塑画歌舞，表演汇集妙尊享。
九大景区百景点，精致绝伦俏模样。
彼得教堂创世言，凯旋之门见沧桑。
奥林匹克钟声证，荷兰风车缀花香。
光金塔橙黄耀，日本皇居古扶桑。
摩多哈拉井涤魂，玛哈尔陵情绝唱。
斯芬克斯守护神，伯勒神庙述辉煌。
基萨塔群庄肃穆，野生动物自在荡。
悉尼剧院芙蓉水，毛利生命舞铿锵。
大洋洲中水域蓝，艾尔斯石幻迷惘。
夜幕降临华灯现，异国情调粗犷放。
深圳湾畔鹏城景，古今名胜凝交响。

2006年3月

南丫岛

港南舶寮南丫岛,榕树索罟菠萝咀。
润发细狗博士帽,国际巨星笑容美。
蛙蟀呼应棕榈荫,绿色满山蕉叶肥。
家乐步道扶摇上,路径蜿蜒草丛翠。
树木葱茏花鲜艳,山峦起伏海蓝蔚。
平房俯拾鲸骨老,猫咪安闲狗瞌睡。
沙滩细腻水澄澈,空气清新夕阳坠。
船河鱼鲜水天色,淡泊清净惹人醉。

2006年4月

香港长洲

无烟小屿似哑铃,铁剑千夏轿百冬。
渡船拥挤人头攒,清明祭祖香火盛。
远山近海夕阳火,长洲西堤野花红。

民风简朴空气清,树下椅上赏繁星。

2006年4月

深圳中国民俗文化村

荟萃民族艺术风,竹楼石房身临境。
泼水火把花刀杆,木石藤桥椰林榕。
千手观音激光泉,瀑布跌宕绿水映。
一步迈进绣中华,先河杰作人造景。

2006年4月

明斯克航母世界

中型航母巡洋舰,对海攻击反潜艇。
装备精良武器全,导弹火炮布罗星。
铸剑为犁马丁锚,飞行甲板米格停。

曾记飘扬海军旗,退役改装成风景。

2006年5月

沙头角

戍守边陲沙头角,鳞次店铺鹭鸶径。
连接港深中英街,划分英华古碑亭。
干苍枝繁榕荫根,拓荒客家思源井。
追忆繁华东和墟,勿忘历史警示钟。

2006年5月

摩罗街

古董店铺鳞次立,旧货买卖寻宝地。
猫街鼠货地摊选,地毯玩物应尽俱。

2006年5月

荷李活道

开埠首街太平脚，华人聚居满冬青。
混搭楼宇凝往事，半山滚梯落霞浓。
文武庙名中外驰，祀奉文昌关帝圣。
历经变迁旧迹在，荟萃港岛百年兴。

2006年5月

中国澳门（一）

秦属百越南海下，濠镜香山番禺辖。
氹仔二岛填海区，文物接近同文化。
永福古社土地庙，妈祖天妃佑万家。
葡式蛋挞舞醉龙，南音说唱大三巴。

2006年6月

香港艺术馆

大众消费知识全,讲解参观有互动。
尖沙咀旁五层楼,设备先进七展厅。
南方一陲华洋杂,致力寻根新意浓。
馆藏珍品定期选,保存精髓广普众。

2006年6月

香港黄大仙祠

九龙胜迹啬色园,本港海外享美名。
清朝己亥道士修,有求必应香火盛。
化气开面山朝拱,绿水汇聚狮驮铃。
叱羊骑鹤到南天,殿堂金碧供赤松。
飞鸾经堂玉液池,盂香照壁应五行。
日进金钱夜进宝,鹊鸣报喜胜天宫。

2006年6月

香港迪士尼游乐园

美国小镇灯怀旧,狮王庆典场面惊。
公主城堡危四伏,梦想花园伫凉亭。
米奇幻想三维效,维尼历险抱蜜瓶。
探险世界原始气,飞越太空宇宙景。

2006年6月

港岛石澳

港岛郊野石澳风,景美色优环境清。
独栋别墅嵌渔村,山脊小路拾级升。
水清滩净滑浪洒,悬崖壁峭勇攀登。
离尘远嚣貌自然,沙细埋足情趣浓。

2006年6月

港岛柴湾

三面环山水源足,盛产柴薪傲港郊。
鲤鱼门外设炮台,海防博物童军校。
巴士车厂规模大,罗屋民俗客家造。
筲箕以东小西湾,市区一隅乐逍遥。

2006年6月

九龙寨城公园

依山而筑九龙城,坚固石墙瞭望塔。
百年租借香港土,此地唯有属中华。
河面石桥跨龙津,楼阁窗棂映荷花。
衙府缅昔墨缘寿,南门怀古金汤洒。
邀山楼景心领神,狮子窥园远山下。
魁星半亭首四颗,透瘦绉漏归璧大。
卵石棋盘比弈久,生肖倩影经雨打。

蜿蜒曲径绕花草，五蝠寿鹤映落霞。

2006年6月

东莞

珠江三角东莞岸，长夏无冬古宝安。
虎门蟹黄堂鱼鲍，粤剧之乡花城源。
客家咸鸡厚街粉，疍家服饰古风鲜。
龙舟醒狮麒麟艺，洪梅花灯美名传。

2006年6月

西樵山

拔地鹤立百里川，自然风光美不言。
林深苔厚耸空庭，珠江灯塔耸高天。
南海观音大仙峰，环海镜清宝珠冠。
豁然开朗荡心弦，仙露清爽洗笑颜。

2006年6月

珠海石景山

各色景观形如花,起伏错落驰奔马。
振翅欲飞踞苍鹰,横卧山涧猛虎下。
憨厚顽皮熊猫胖,怒火冲天野牛洒。
一线通天迎阳幽,登高远望帆影发。

2006年7月

星海广场

废弃盐场星海湾,城市广场效圜丘。
百双脚印沧桑历,中央大道红砖修。
绿草茵茵典雅穆,胸怀坦坦展页书。
汉玉华表念回归,蟠龙欲飞翔九州。

2006年8月

老虎滩海洋公园

线折岸曲碧蓝水,山青石奇绮丽风。
鬼斧神削虎瞰海,石槽挥剑救百姓。
孔雀海狮美人鱼,极地珊瑚鸟语声。
迎风长啸塑生威,一道亮丽滨城景。

2006年8月

圣亚海洋水族馆

透明通道入海底,全景世界水族生。
舞鲨地带心速快,哈瓦那道异国风。
沙丁圆舞显活力,鲸群交响撼苍穹。
浪漫夜曲更神秘,流连忘返看白鲸。

2006年8月

大连金石滩

背倚青山面黄海,景色秀美海水清。
藻类化石猴观海,海龟上岸领群鲸。
疯狂剧场歌舞闹,龙宫溶洞舟船行。
幽静怡人后花园,震旦散岩夺天工。

2006年8月

霸州

宽阔的大街让人感受到现代城市的气魄,
日用百货店让人感受到二十年前的气质,
永清古地道让人感受到一千年前的气息。

2007年5月

廊坊

临京交津南沧州，连廊环渤一明珠。
胜芳花灯样百种，造型别致气势牛。
扎刻楼阁匠心独，登梅进宝节气久。
金丰茗汤梦东方，龙泉古槐亮锦绣。

2007年6月

吉林通化

靖宇陵园清新幽雅，涤荡心神。
通化公园楼台亭阁，风格别致。
古墓壁画清晰优美，内容丰富。

2007年7月

通化集安

世界遗产高句丽,中朝界河鸭绿江。
长白山下小江南,明月清泉好景象。

2007年7月

云台山风景区

茱萸峰顶望太行,巍峨群山层峦嶂。
满目森林万里阔,飞瀑流泉千尺长。
奇峰异石心恬静,黄河沃野神怡畅。
中原一谷山含情,红石青龙水蕴爽。

2008年8月

殷墟博物馆

盘庚到帝纣，中国最古都。
商代王室享，武丁妇好墓。
器厚纹饰缛，大鼎后母戊。
象指会形转，文字刻甲骨。

2008年8月

王相岩

花木拥翠，山高林深。
泉瀑飞荡，峰崖嶙峋。
播香散芳，隐居修身。
武丁中兴，太行之魂。

2008年8月

林州大峡谷景区

断崖高起峰峥嵘,阳刚劲露溪水湍。
北雄风光百里廊,流瀑四挂态万千。
碧波荡漾深潭绿,桃花盛开三九寒。
千古之谜猪叫石,鬼斧神工门鲁班。

2008年8月

武汉

江汉路上,汉正街心,细腻感受飞速发展;
长江桥头,龟蛇山顶,豪情放眼烟波浩瀚。
古琴台旁,知音桥畔,静心聆听天籁袅袅;
东湖岸边,珞伽山巅,惬意浏览秀水青山。

2008年10月

昆明

滇国南诏拓东城,大观楼联非常景。
谷律花椒鸡冠帽,阿细跳月歌舞情。
踩花刀杆斗牛歌,火把月街泼水风。
休克城建很气魄,四季如春出昆明。

2009年1月

大理

苍山洱海景色新,大理三塔影迷人。
诗玛素装容颜俏,阿黑佩剑显英俊。

2009年1月

丽江

山顶夜色引人遐思,古城石径叫人流连。
东巴文字使人着迷,酒吧狂欢让人忘返。

2009年1月

承德

山庄很气派,不愧是皇家园林,没有坐够;
双塔很奇特,不愧是奇峰异庙,没有看够;
朝阳很幽深,不愧是灵验之地,没有走够……

2009年7月

齐齐哈尔

世界湿地鹤家乡,湖泽密布芦苇长。

绿色产业遍地开，天蓝草翠水清香。

2009年7月

哈尔滨

松花江面较宽，中央大道特坚。
夜晚行人不多，太阳岛上浪漫。

2009年7月

大庆

石油钻塔多，时代广场阔。
湿地面积大，铁人雕像活。

2009年7月

安达

安达朋友贵客亲,明珠草场友情深。
宽道敞宽窄道窄,旧区如旧新区新。
黑陶剪纸版画类,东湖湿地泡泽群。
百合盛开原野卉,九健倒海翅巨劲。

2009年7月

五大连池

小镇幽,小山俊,小泉清;
大地广,大坑深,大河绵。

2009年7月

黔灵山公园

古树浓荫碧波漾,曲径蜿蜒荷花欢。
摩崖古迹虎字道,野生猕猴与人玩。
弘福殿宇格局谨,香烟缭绕钟鼓酣。
庭院如锦繁花香,鱼戏清波上下翻。

2010年3月

甲秀楼

南明河中鳌头矶,三层攒尖翘檐飞。
清流回环涵碧潭,灯影楼桥相映美。
甲秀长联冠中华,妙语连珠任回味。
南庵武侯翠微园,修竹婆娑荷叶肥。

2010年3月

贵阳阳明祠

扶风山麓阳明祠,一朵芙蓉插天青。
林木葱茏宜人幽,路径逶迤雅清明。
德兼教养第一匾,曲径碑廊诗文精。
姊妹桂花五百岁,金银争艳香气浓。

2010年3月

贵州天台山

平坝西南天台山,百丈坚刬高造空。
南面拾级林木蓊,三方绝壁屿岩耸。
厦屋数层参差落,群房连亘高下城。
柱础双狮昂首啸,山水田舍画意浓。

2010年3月

连云港花果山

烟霞散彩访古幽,百猴迎宾东胜洲。
师徒四人取经雕,仙桥岭节曲径路。
水帘神洞印石屋,惠心甜泉井两眸。
晴帆雨雾日夜景,春喧夏闹秋冬幽。

2010年7月

月尾岛

月尾岛上赏西海,文化街头看涂鸦。
街头画家即兴作,碧波海鸥映日斜。

2010年8月

仁寺洞文化街

官邸私宅密集地,大街胡同蛛网所。
韩服陶瓷工艺品,美食清茶画廊多。

2010年8月

水原民俗村

京畿首府水原市,李朝后期民俗村。
贵族府宅农家院,作坊寺庙大衙门。
露天集市人头攒,舞蹈杂技鼓乐沉。
跳板陀螺荡秋千,古屋稻田近水临。

2010年8月

水原华城

正祖大王念父恩,水原邑城表孝心。
长安八达苍龙门,小溪流水华虹尊。
双层楼阁西将台,瞭望观察空心墩。
造型精巧随柳亭,东方典范述古今。

2010年8月

景福宫

李氏王朝正宫殿,君子万年介景福。
五宫之首为北阙,光化建春秋神武。
交泰峨眉长生烟,庆会麒麟锦绣铺。
春花绽放杜鹃香,醉响桥亭雅趣足。

2010年8月

首尔华克山庄

嵯峨远嚣空气新,依山傍水得天厚。
俯瞰汉江烟波渺,领略福地景色秀。

2010年8月

涿鹿黄帝城

轩辕湖水映枫林,黄帝泉池濯龙发。
古木淡青衬远山,三寨犹在斗两家。
蚩尤神树榆不老,桥山棋盘石巨大。
涿鹿之野幽思生,历经沧桑祖中华。

2010年10月

鸡鸣驿

房屋古老精美，胡同窄长幽深。
壁画散落庙宇，蕴含历史风韵。
城楼重檐青瓦，居高巍峨雄浑。
夕阳浑圆通红，厚重沧桑斑痕。

2010年10月

怀来天漠

群山戈壁绵金龙，八棱海棠缀丹红。
清亮如带官厅水，莽莽军都夯土烽。
古今奇观堪称谜，磁吸风移因难定。
京畿之地西域情，远离喧嚣进宁静。

2010年10月

康西草原

西邻官厅湖,北依海陀山。
牛羊绿草缀,毡包繁星点。
骏马豪情骋,篝火歌舞欢。
塞外风景美,亦诗亦悠然。

2010年10月

莫斯科

天蓝,水清,云白,草绿;
树林多,教堂美,马路宽,汽车快;
节奏舒缓,情趣高雅;
公园遍地有,美女随处瞧,娃娃超可爱,老太极时髦;
建筑风格多样,花草鲜美芬芳,鸽鸟人来不去,果树林立路旁。

2011年7月

圣彼得堡

四十河道纵横错,三百桥梁联八方。
冬宫藏品珍贵物,夏宫花园金碧煌。
外客趋荫观风景,内民赤膊逐日光。
涅瓦河畔游人织,子夜将近仍斜阳。

2011年7月

呼和浩特

城市拆建纷上马,衙署院落朴典雅。
满都海园池沼澈,铁木真像俊潇洒。
伊斯兰街夜景煌,市府广场喷泉发。
南湖湿地景色幽,昭君青冢历冬夏。

2011年8月

希拉穆仁草原

乍进只见黄绿驳,稍入能瞧青丘起。
再行可觉高原阔,深游才感草无比。
低洼雨积泡子点,高坡敖包默然立。
近处羊群白云朵,远方天际霞披衣。
雨霁彩虹凌空架,暮色初临微风习。
乌云笼罩闪电耀,篝火堆堆歌舞艺。
夜牧咀嚼声在耳,星星闪烁月偏西。
露珠晶莹小花艳,新日东升照大地。

2011年8月

库布齐沙漠

晒,吹,热,烤。
沙细,丘多,日烈,风硬。
骆驼多,红柳少,动物奇,小草强。

沙袜色艳，沙舟劲足，沙坡陡峭，沙粒细腻。

2011年8月

哈尔滨之夜

港城酒店金碧正辉煌，中央大街店铺仍繁忙。
铺路立石棱角还分明，防洪雄塔利剑更锋芒。
松花江水微微泛波浪，对岸湿地一片灯火亮。
船头达人夜钓惹人观，白鹿母子剔透站路旁。

2011年8月

哈尔滨极乐寺

寺中风铃清脆时时鸣，极乐斋饭清淡随人享。
观音千手手手度众生，四十八愿愿愿求世芳。

2011年8月

哈尔滨文庙

文庙鳌头静卧泮桥头,行教圣像伫立杏林央。
大成宝殿先贤依次座,祭祀牺牲讲究色形香。

2011年8月

黑龙江大学

三区在建片凌乱,二区旧貌换新颜。
一区校园人攒动,主楼广场清静闲。
题名巨石横卧门,游泳新馆伟壮观。
太阳花标坐路旁,通道涂鸦色彩艳。

2011年8月

太阳岛(一)

圆圆拱门彩虹架,跃跃黑龙舞翩翩。
座座冰雕晶莹透,白白走廊映蓝天。
曲曲回桥游水面,嶙嶙巨石耸云端。
片片草坪碧平坦,朵朵鲜花争斗艳。

2011年8月

圣·索菲亚教堂

衣着朴素冷眼看世风,线条分明利刺指天宫。
基座坚定顽石熔岁月,白鸽翔集爱心慰众生。

2011年8月

俄罗斯河园

老桥老灯老屋老亭,新天新地新雨新风。
白云白朵白门白户,绿栏绿杆绿椅绿萍。

2011年8月

哈尔滨儿童公园

写真娃娃自然美丽,啄食白鸽与人亲密。
整装小马秀珍可爱,鸣笛火车身披彩霓。

2011年8月

房山蒲洼

群山峰峰座座出眼前,公路曲曲折折似棉线。
农院家家户户连成片,柿树株株枝枝果黄艳。

明月弯弯高高挂树尖,夜色纯纯静静漫无边。
群星闪闪密密布九天,柴狗声声吠吠叫村间。

2011年10月

唐山

大城世民屯兵称唐山,景忠康熙御封叫名岫。
月坨游客衷情是小屋,迁西青山巍巍古城走。
太平古岩峻峻石之祖,乐亭大鼓悠悠耳边诱。
各色皮影俏俏舞世事,开滦煤矿百岁仍有寿。
震后新城靓靓再涅槃,南湖公园绿绿清水流。
环城水系曲曲结成网,骨质陶瓷莹莹薄平透。

2011年10月

趵突泉

晴雨溪艳阳下千点雨,许愿池清水中万枚币。

易安居小院里数竿竹，趵突泉栏杆内三汩绿。

2011年10月

大明湖

方塘易见残荷侵，顷波难闻青蛙音。
画舫但赏垂柳摇，千佛翘望祥瑞云。
刘鹗静伫明湖岸，古城默坐闹市心。
铁公冷观世间事，历下映照古而今。

2011年10月

潍坊

十笏古建仿佛唐宋年，东苑瓷瓶蓝白色调艳。
地一大道灯火亮通宵，风筝广场吉物罩人间。

2011年10月

东营

地毯红红野菜养容颜,大河黄黄泥沙造良田。
渤海蓝蓝鱼虾满船舱,树草绿绿公园享悠闲。
石油黑黑机器遍荒野,新城勃勃古营谱新篇。

2011年10月

山东黄河三角洲

荻花萧瑟,栈道曲径。故道犹存,柳立水中。
天鹅徜徉,鸿雁南行。残荷擎雨,黄苇扶风。
风车独立,木亭看景。油机点头,望塔高耸。
拖船游弋,快艇轰隆。岸分逐阔,滩涂渐成。
鸥翔逐浪,鹭飞艳影。河海交汇,黄蓝分明。

2011年10月

昔阳大寨

红照壁高踞坡顶喜迎天下朋友,
名人馆静伫沟畔笑观往来宾客。
虎头山环拥小村形成天然屏障,
永贵墓稳坐师椅俯视后辈生活。
海绵田层层叠叠仍然旱涝保收,
村间路四通八达始终曲曲折折。
小饭店鳞次栉比都是前房后窑,
供销社孤独而立保持旧时本色。

2012年4月

运城新绛县

街头道路随坡起,新绛老校有新风。
师生探究学习事,家属庭院古味浓。
府衙大堂规模在,绛州三楼修复中。

汾河之水穿城过，老城教堂缀风景。

2012年4月

山西运城

中条解池关帝河津蒲渡华山，
中华圣地山清水秀云白天蓝。
后土尧祠舜庙夏都嫘祖扁鹊，
华夏始祖疗病纺织治水补天。
河畔鹳雀白鸟绿树青石红楼，
俯瞰黄流北来南往西移东展。
蒲渡铁牛圆眼尖角肥身硕蹄，
沉入沙泥昏睡数代雄风再现。
解州关帝凤眼美髯赤兔青龙，
忠义神勇万世人极三教共建。
普救古寺高塔大殿东斋西厢，
广度众生两情相悦终成属眷。

2012年4月

壶口瀑布

河左溯源北上，静山莽莽苍苍。
车上隔窗俯视，流水浅浅黄黄。
傍晚黄河大桥，货车匆匆忙忙。
晋陕界线分明，桥墩瘦瘦壮壮。
天幕星星闪亮，夜风呼呼响响。
窑洞古朴典雅，门窗圆圆亮亮。
清晨壶口瀑布，烟雾清清凉凉。
龙洞近观飞流，气势礴礴磅磅。

2012年4月

王家大院

晋中灵石王家，豪门高墙深院。
照壁事事如意，砖雕真心祈盼。
客厅待客各异，卧房上下规范。
媳妇起居东厢，小姐绣楼高建。

西厕隐藏雅致,东厨一分为三。
书塾门楣精巧,书院台阶登天。
格局风格一统,进进上上几番。
城堡围墙随势,低高高低一圈。

2012年4月

平遥古城

南墙曲折龟戏水,瓮城森严辙印晰。
县衙宏大设施整,巨槐千年干叶绿。
古街纵横灯火煌,更夫鸣锣与客嬉。
钱庄坐拥四风水,金库龙柱聚灵气。

2012年4月

晋祠

兄弟嬉戏无戏言,凭借桐叶得封晋。

水镜台殿又楼台,大缸相合传曲音。

周柏陪伴父子怀,圣母撑起阔孝心。

侍女婷玉赛布阵,俏容颜华栩胜人。

2012年4月

九龙十八潭

山高林密,峰奇路远。六泉九瀑,十八清潭。

龙头潭深,刀削斧砍。神龙倒挂,飞下深渊。

地涌金莲,清澈不染。孺子行吟,神鼠马面。

龙王古庙,供奉香案。天然盆地,实为罕见。

巨岩山峰,龙劈峡险。翠屏峰秀,自然画卷。

2012年5月

密云仙居谷

仙居山谷,达木南岸。林荫蔽舍,溪水不断。

步移景异,景色万千。群峰环绕,山花争艳。

曲径通幽,云雾弥漫。水陪小径,别有洞天。

天降溪流,连瀑三渊。空气潮湿,倍感新鲜。

修身养性,仙境门潭。香火旺盛,三清道观。

2012年5月

止锚湾

山海关外宁静小湾,冀辽交界渤海之滨。

万家海滩百姓共享,风平浪静沙硬水浑。

前所古城关外要冲,强流蜿蜒罗城尚存。

碣石行宫双龙护卫,栈桥入海秦皇曾临。

绥中碣石离海一里,铁褐岩岬人称女坟。

万佛禅寺雄立海岸,善男信女经声阵阵。

九门长城跨河而上,京东首关隧道幽深。

雨中沧海浊浪滔天,云水相接远望无垠。

2012年8月

沈阳故宫

朝阳街庇西,正阳街护东。
十王亭分列,大政殿居中。
口袋房面南,万字炕通风。
祈愿杆伫立,大烟筒高耸。
后花园袖珍,碾磨坊安静。
西掖门热闹,东掖门冷清。

2012年8月

张氏旧居

少帅塑像静伫,照壁红字放彩。
东厢副官迎宾,西厢账房接财。
垂花仪门彩绘,各种刀宽剑窄。
大青天理民心,小青亲情永在。
花园石奇草异,关帝香绕烛台。
故居精巧别致,夫人监造安排。

木梯挂起倩影,石楼藏有真爱。
边业蜡像如生,倡导金融买卖。
通道堪比迷宫,金库地下深埋。
帅府故居银行,品形分散排开。

2012年8月

沈阳北陵公园

昭陵红门东西正,下马碑拦百官等。
牌楼伫立石狮吼,分列更衣宰牲亭。
古木参天松鼠乖,昭文雕像俯众生。
荷塘花稀绿叶满,仙女款款出水中。

2012年8月

阿尔山

呼伦阿尔山,圣水热地泉。

绵绵兴安岭，莽莽冰雪连。

最大温泉群，美丽大草原。

市小街道静，楼矮样式全。

驼峰天池碧，神仙足印宽。

杜鹃湖水清，岸边鲜花艳。

石塘林岩怪，堰松意志坚。

三潭峡水急，鹿狍态安然。

玫瑰峰石耸，登山小径险。

圣水奇泉在，色纯味甘甜。

2012年8月

满洲里（一）

呼伦贝尔，两湖澄澈。牛羊悠然，草原辽阔。

敖包静伫，祭拜众多。骏马奔腾，越过勒车。

满洲里市，魅力四射。房尖窗弯，鸡鸣三国。

六条大道，各具风格。套娃广场，异域景色。

扎赉诺尔，猛犸奇特。中苏金街，霓虹灯火。

国门庄严,雄壮巍峨。界碑肃立,坚守职责。

2012年8月

成吉思汗庙

兴安盟府乌兰浩特,莽莽草原红色之城。
罕山之巅一座庙宇,依山面水俯瞰众生。
九九台阶花岗堆砌,翠榆山杏交相衬映。
蓝瓦穹顶白色山墙,红漆明柱三殿山形。
成吉思汗铜像雄立,两匹神马尽显威风。
版图辽远征战南北,疆域开阔横扫西东。

2012年8月

介休绵山

晋中介休绵山,寒食文化渊源。
胜迹仙踪随处,自然风光无限。

古寺龙头高昂，游客龙口流连。

李唐大营军帐，散入林中几点。

汉白玉石雕像，默默伫立山尖。

母坐子立相依，慈孝忠烈薄天。

龙脊山岭峻峭，田畴万顷斑斓。

后山小径幽幽，松涛萦绕耳边。

绝壁层次分明，洞中仙人泰然。

大罗宫殿宏伟，依山倚势修建。

天桥栈道穿云，白鹤凌空翅展。

凭栏远眺仙境，可谓天下奇观。

2012年10月

洪洞大槐树

山西临汾洪洞贾村大槐树，
明清数次移民万姓同源根。
槐根大门宏伟壮丽矗眼前，
遒劲有力盘根错节护子孙。
顽强执着铿锵凛然昭日月，

古老沧桑纯朴厚重托乾坤。
大槐树赋言辞典雅赞枝干，
根字影壁隶书稳健迎归人。
三座石桥横跨同源卧一渠，
槐香连馨鹳鸣谐音牵我魂。
祭祖大堂百家姓氏祭先祖，
献殿舞蹈回忆往昔祀诸神。
古根历经千年不老滋后代，
新树枝蔓繁茂伸展润万民。
城南洪崖城北古洞留故事，
历史痕迹勾起乡情如海深！

2012年10月

百望山

黑山户百望山，峰不高太行连。
友谊亭白玉建，树繁林茂无边。
书法碑字雄浑，夸绿野赞蓝天。
望儿台慈母爱，披斗篷伫崖前。

揽枫亭立山顶，视野阔峰连绵。

红叶林站山腰，林中路幽且闲。

绿草地卧山脚，面不宽也平坦。

去百里回首望，仍可见百望山。

2012年10月

香山

古街老屋迎远客，绿鹿白鹤接近宾。

勤政殿前菊瓣黄，小桥流水倒影深。

游目天表茶桌旧，林荫小径空气新。

梅石大字显风骨，峰顶小台尽游人。

虎皮山墙蜿蜒走，蛟龙出天不见身。

香山古道凿岩阶，赏景怀古情不禁。

寂寥小庙坐路旁，山神不在云更深。

玉乳泉边秋风起，半坡红艳半坡金。

2012年10月

上海博物馆

白色石狮迎宾来，方方条砖铺阶台。
中华古币悠久远，诸多源流成一派。
民族服饰种类全，面具纯朴模样怪。
玉石珍品价连城，晶莹细润色黄白。
明清家具风格显，质切坚实式安泰。
画馆翰墨古味郁，两涂主人性情慨。
瓷窑长圆形状异，青花荟萃千年彩。
簋豆觚鼎锈迹绿，青铜辉煌令人拜。

2012年12月

华东师大校园

丽娃淙淙淌校园，石桥弯弯接南北。
竹林翠翠小径幽，荷塘绿绿莲叶肥。
塑像静静迎门望，学子琅琅读书美。

梧桐穆穆撑天地，木叶飘飘随风飞。

2012年12月

闵行七宝镇

晋代文豪云中两陆陆机陆云，
华亭鹤唳后裔松江续香火庵。
陆氏家庙因祖荫庇迎越王驾，
五代钱镠馈赠金粉正楷经卷。
陆宝庵名名随宝改七宝教寺，
三移其址蒲汇塘北街市渐繁。
飞来佛尒来钟金字莲花真经，
神树金鸡玉斧玉筷七宝留传。
十年浦东百年外滩千年七宝，
风景如画城中之镇旅游休闲。
水分古镇民居雅致前街后河，
夜灯亮起灯水相映轮廓如线。
古老行当似曾相识令人怀旧，
传统手工记述历史重现昨天。

周氏微雕父女石刻颇具功力，
华夏之宝金文汉碑匠心惊叹。
斗姆阁楼斗姆元君斗魄水精，
改建戏台前寺后台戏演人间。

2012年12月

枫泾古镇

金山枫泾镇，地处沪西南。
今列上八景，古属吴越边。
外连五区界，内接水网连。
林木有荫翳，清流无急湍。
曲曲走石路，款款行木船。
桥梁五十二，一望十港现。
骑楼连小弄，亭阁接勾栏。
石阶通河埠，轩窗对水面。
门门木格扇，窗窗本色浅。
家家枝出河，户户重瓦檐。
东区火政会，演习引人观。

西区幽幽角,丁聪漫画馆。

海派程十发,三釜书屋闲。

藏家缪时方,像章珍品全。

灯篮行云集,静静三百园。

乐棚歌舞台,看戏可乘船。

古街两行铺,抬头一线天。

长廊雨难落,盛夏不撑伞。

人景美相映,夕照情无限。

风情山水画,令人陶醉然。

2012年12月

多伦路文化街

闹市街道幽,小楼风格迥。

沪上风情在,雅商字画红。

炳史名人多,鲁迅秋白等。

藏馆珍品聚,古钱奇石钟。

2012年12月

豫园

城市山林,奇秀申沪。
九曲木桥,凌波散步。
湖心小亭,月色漫入。
湖光潋滟,江南明珠。

2012年12月

上海老街

方浜路老街,人文有景观。
花窗马头墙,屋顶翘飞檐。
海派文化浓,画报是周璇。
恍若如隔世,回到百年前。

2012年12月

上海老城隍庙

上海老城隍,江南古典园。
身处繁华地,心在宁静天。
捧束恭敬香,念个衷心愿。
小吃盛非常,美味惹人馋。

2012年12月

外滩

苏州河外,黄浦江畔。哥特罗马,风格各现。
徐徐江风,婆娑影乱。情侣天地,互诉爱恋。
熠熠生辉,浦江光帆。观光隧道,神秘扑面。
时代瀑布,五彩水帘。春光无限,流连忘返。

2012年12月

东方明珠塔

东方明珠塔,上海新地标。
悬空观光廊,凌霄漫步道。
俯瞰黄浦江,云中心乱跳。
仰望擎天柱,腹内电梯跑。
发展陈列馆,车马城厢貌。
开埠掠影静,十里洋城闹。
海上旧影花,建筑博览俏。
徜徉历史河,踯躅旧梦了。

2012年12月

南京路步行街

南京步行街道,游人熙攘穿行。
沧桑古老商圈,焕然亮丽风景。
舒适悠闲购物,东西南北霓虹。

诱惑目不暇接，沉醉经年难醒。

2012年12月

长风公园

十年举国庆，开园迎宾客。
海洋水族馆，万尾有规模。
山水相映景，宋滩是水泽。
众人叠铁臂，长风吹浪破。

2012年12月

上海石库门

上海旧弄百姓宅，中西合璧三合院。
江南民居石门楣，乌漆对扇吊铜环。
天井深深厢楼窄，客厅浅浅正室宽。

灶屋深藏卧房后，晒台轻压亭子间。

2012年12月

嘉兴南湖

轻雾拂渚风拂面，烟雨楼前碑迎客。
会景湖岛四季雄，览秀壕股瀛洲鹤。
南湖画舫浮碧水，乌篷小船漫漂泊。
红果缀枝若隐现，绿柳摇曳满烟波。

2012年12月

乌镇民俗馆

东栅金家院，一方富庶人。
逼真蜡塑像，风俗说乌镇。
春节拜年喜，元宵走桥运。
清明香市火，立夏要称斤。

端午粽味飘,水龙大会顺。

天贶晒虫忙,中元河灯阵。

中秋赏月景,重阳登高进。

冬至祭祖肃,迎新祝福临。

2012年12月

乌镇东栅

白壁乌顶排河畔,木雕精致列檐前。

燕子呢喃听吴语,清水澄澈映云天。

小巷幽深藏三白,染坊开阔晒布蓝。

雨读书院溢雅气,茅盾故居思至贤。

2012年12月

乌镇西栅

原汁原味古风古貌特色水乡，
千年积淀文化底蕴源远流长。
十字内河切分全镇东南西北，
七二石桥十二小岛乌篷繁忙。
白天观光夜游休闲酒吧半街，
经典展馆民俗风情代表一方。
桥里看桥水中望水景内观景，
夜幕降临举杯小酌对岸戏唱。
苏州评弹湖州滩簧桐乡劝书，
参天古树绿荫蔽天书字幡幌。
一把三弦一把琵琶一块静拍，
一块汗巾一把纸扇先生家当。
听众数十茶壶茶盅瓜子糖果，
长凳落座静拍一响正书开讲。
几盏莲灯古今穿越令人心醉，
薄薄雾气仿佛梦境西照斜阳。

2012年12月

浙江绍兴

东南首善晋宋风流舜禹归故都,
华夏衣冠国之东门贵族建小城。
彷徨呐喊鲁迅元培大师层迭出,
黄酒之源加饭善酿香雪女儿红。
三味书屋隔水相望石板小桥曲,
百草小园嬉戏玩耍顽童皆尽兴。
翰林匾额周氏家族兴旺与衰落,
求索脚印砥砺心志华夏之魂灵。

2012年12月

西溪国家湿地公园

西溪自古隐逸地,人间净土世外源。
冷野淡雅成天趣,荣枯青黄弥望眼。
两行道树飘绸带,几处人家在田园。
老樟树下古戏台,端午龙舟花样翻。

柳绿桃红春花嫩，鹭舞燕翔夏水蓝。

蒹葭吐絮秋雪飞，芦苇摇黄冬梅艳。

南隐北俗泛湖心，东闹西静钓塘边。

湿地景胜独在水，一曲溪流一方天。

2012年12月

唐山乐亭

面临渤海，背倚滦河。

天工造化，先民雕琢。

古幽神奇，孤竹故国。

冬海静美，冰卷水阔。

2013年1月

滦州古城

东门广场迎宾灯，县府衙门接官亭。

古镇小吃香味飞,青龙河水小船行。

龙园院内奏古乐,紫金塔下演皮影。

兼收并蓄融南北,千年滦州展俏容。

2013年2月

广府古城

大夏故国都,小城遍书院。

老街古风存,新桥碧水涟。

浑厚还婉约,太极文化源。

万亩荷花池,北方小江南。

2013年4月

黄粱梦吕仙祠

黄粱一枕悟真谛,南柯数载享荣华。

牡丹画影寄痴情,紫钗梦偕夫还家。

2013年4月

武灵丛台

赵王武灵丛台,古城邯郸名片。
近看宫女曼舞,远观军士操练。
登台题诗挥毫,墨客显贵达官。
护幼保国卫土,程廉李等七贤。

2013年4月

邯郸市博物馆

腾飞雕塑蓄势待发,青铜群马穿越腾达。
磁山之光闪勤耀智,胡服骑射名扬天下。

2013年4月

学步桥

沁河拱券桥,小狮守望柱。
燕国寿陵少,邯郸学行处。
仿雅未遂愿,竟然忘本步。
手足并用返,笑杀满陌路。

2013年4月

古石龙

西依紫山山耸拔,东临巨崖崖矗立。
黄土藏龙龙昂首,一母九子子偎依。
陌上种桑桑叶肥,岭间有路路崎岖。
罗敷痴情情仍在,李白苦寻寻未已。

2013年4月

赵苑公园

晋冀鲁豫交界地,鸿篇巨制古建园。
北门高耸镶完璧,假山陡峭喷彩泉。
名胜遗址铸箭炉,气势雄伟赵王殿。
鸳鸯野炊家家乐,植物迷宫吉祥圈。

2013年4月

回车巷

板路六尺窄,小巷廿丈长。
相如回车处,右卿避名将。
双虎弃争斗,国势更渐强。
徘徊凝神听,仍有辘辘响。

2013年4月

赵王城遗址公园

梨花默默白,宿草静静黄。
战国古城址,赵都宫殿堂。
龙台恢宏立,点将南北唱。
武灵骑射功,子孙未敢忘。

2013年4月

北宫森林公园

山耸随形起,帝王休憩地。
北宫森林园,谷幽林茂密。
行龙蜿蜒下,粉花漫步溪。
湖水贴镜平,栈道倚岸曲。
古桥野鹤飞,玄辉青龙聚。
层林尽染红,群峰皆披绿。
问顶狼坡崖,俯览京城局。

领略春韵美,聆听秋味余。

2013年4月

恭王府

倚背西山如虎踞,绕宅月牙似龙盘。
银銮平摆楠木座,葆光高悬咸丰匾。
天香庭院锡晋斋,朗润萃锦私家园。
康熙御书福字碑,秘云洞内寿中点。
大戏楼厅装饰秀,曲径通幽月光寒。
碧波潆洄明栈通,环川衔涛石径转。
绿萍逐浪满池波,廊树交影一方天。
有识奔走数十载,半部清史露真颜。

2013年4月

贵州凯里

黔东南古城,苗侗州首府。

香炉山老县,旧称小京州。

舟溪吹芦笙,凯里品香醋。

民族花团锦,苗岭夜明珠。

2013年5月

西江千户苗寨

村寨连成片,露天博物展。

吊脚楼丛立,鳞次攀上山。

风雨桥七座,佑民保家园。

夜幕燃候灯,繁星洒人间。

2013年5月

镇远青龙洞古建筑群

镇远城东中和山,峭壁悬崖岩穴生。

三教寺庙和谐在,背山面水临悬空。

五楼十阁翘飞檐,吊借附嵌画彩栋。

万寿祝圣迎状元,中元紫阳拜青龙。

2013年5月

镇远舞阳河

龙王诸葛西,三峡奇险绿。

大象饮水嬉,孔雀开屏戏。

桃瓜远尘世,怡然淡人欲。

湾转画面换,移步景色异。

2013年5月

贵州镇远古城

入黔要道风光旎,古建民居太极形。

石屏昂首傲然立,舞阳蜷身映倒影。

灰砖黛瓦马头墙,翘角飞檐雕梁栋。

碧波晨雾态万千，春江渔火诗意浓。

2013年5月

小七孔风景区

荔波小七孔，山林湖洞瀑。
翠谷飞泻下，拉雅横空出。
响水龙入海，龟背盘根竹。
卧龙幽蓝邃，奇俊秀雄古。
鸳鸯湖水碧，迷宫难寻路。
水林石上生，清流凌波步。
恬静万古奥，凝波抱枯木。
清肺天然地，惹人欲永驻。

2013年5月

大七孔风景区（一）

天然彩桥藤缠石，仰天一线不敢语。
地峨明流幽河谷，涨水汹涌枯潺细。
龙宫湖中沙滩厚，定海神针更珍稀。
三尖苍劲欲顶天，巨虬婆娑伞盖地。
银浪滔滔震山谷，有如笑天陡水急。
蛤蟆塘岸荆棘生，稀有蛙鸣交响曲。
逆流行舟明暗河，琳琅满目景观奇。
峡谷起伏生惊险，别具一番真情趣。

2013年5月

大七孔风景区（二）

地峨湍流幽，河谷怒水急。
塘岸荆棘生，蛙鸣交响曲。
白滔陡水落，震天笑声起。
龙宫湖沙厚，定海神针立。

苍干剑刺天，虬枝伞盖地。

天桥藤缚石，仰首一线隙。

恐惊飞砾动，不敢高声语。

随处鲜花艳，四时草木绿。

2013年5月

丰台园博园（一）

京南永定河畔，生机盎然一片。

浓郁文史氛围，清秀山水依连。

香卉秋波瘦石，艳芳浮萍油伞。

云台叠翠霞起，绿屿花洲林天。

风拂锦绣春色，雨落燕台大观。

月季旋转升腾，绰约生命流源。

古风今韵宝塔，伫立鹰峰之巅。

湖洒明珠闪烁，卢沟晓月重现。

2013年5月

丰台园博园（二）

京西永定又波碧，丰南园博才盎然。
浓郁氛围陶文史，清秀气息熏水山。
浮萍香卉撑瘦石，秋波艳芳支油伞。
云台叠翠漫雾地，绿屿花洲弥霞天。
风拂春草绣绿涛，雨落燕台铸大观。
娇瓣旋转升百色，嫩蕊绰约流万源。
宝塔今风涵古韵，鹰巅伫立瞰人间。
明珠闪烁洒五湖，月晓卢沟盼再见。

2013年5月

延庆百里山水画廊（一）

画廊山水美，滨河百余里。
滴水飞瀑峻，白河风光旎。
侏罗硅木神，乌龙峡谷奇。

塞外千家店，京北怡情地。

2013年6月

延庆百里山水画廊（二）

滨河蜿蜒环路行，百里画廊随处景。
干沟镜湖印柳色，长寿古榆瞰世情。
滴水飞瀑芳彩闹，小村农院夜幕静。
青山无墨千秋看，流水似弦万古听。

2013年6月

延庆百里山水画廊（三）

画廊深处有人家，孟夏小村寂寞花。
夜幕映衬活树影，凌空偎依拉情话。
晨鸟欢语吵日起，豆腐一声唤岚斜。

桃源离尘绝魏晋，古堡合世晓天下。

2013年6月

延庆百里山水画廊（四）

孟夏小村寂寞花，画廊深处有人家。
夜幕映衬活树影，凌空偎依拉情话。
晨鸟欢语吵日起，豆腐一声唤岚斜。
坐看远峰葱茏绿，几颗棋子一杯茶。

2013年6月

门头沟韭园村

京西九龙山麓，小村种韭闻名。
故居徜徉古道，碉楼俯视关城。
马帮驼队喧嚣，平民商铺宁静。
木窗雕镂偶现，灰瓦浓荫掩映。

小桥流水幽雅,旧树新蝉噪听。

三季花朵争艳,四时果蔬纷呈。

清泉甘甜凉冽,峰峦叠翠风景。

杂草青苔石墙,悠悠风情万种。

2013年6月

越秀公园

赵佗初建朝汉台,观音佑庇镇海楼。

雨云漫步仙庭畔,瑞穗飞降惠越秀。

甘霖飘落润龙须,石径婉转走急流。

孙文翘首登古墙,五羊俯身下广州。

2013年7月

广州陈家祠

陈氏书院巧工夺天,装饰艺术荟萃岭南。

三雕三塑一铸纯铁，六院九堂百粤祠冠。

2013年7月

广州珠江夜游

珠江游船往来闹，夜空激光交织照。
诸行彩舫皆争渡，岸边霓虹眨眼笑。
虹桥琴弦奏韶乐，高塔旋转升蛮腰。
灯饰璀璨繁星闪，花城一景更妖娆。

2013年7月

虎门

东莞虎门古炮台，铸铁将军物惊心。
要塞古墙青苔漫，木排铁链锈下浸。
虎门大桥雄风乍，菩提佛树龙须身。

销烟池中屈辱在,林文忠公浩气存。

2013年7月

中国香港

皇岗口岸,落马洲涌。
高楼鳞次,新界九龙。
会展广场,含苞紫荆。
盘旋而上,太平山顶。
海洋公园,缆车凌空。
豚狮俏皮,略通人性。
港口游轮,两岸观风。
滨海大道,处处明星。
铜锣湾仔,街巷横综。
绿茵茸茸,人追球影。
时代广场,金刚变形。
有轨电车,时时当叮。
天星摆渡,耳闻涛声。
尖沙码头,百年老钟。

旺角夜市，闪烁霓虹。

隔街能闻，袅袅歌声。

2013年7月

中国澳门（二）

航船飞射如梭，浪花激荡似雪。

三巴独立外墙，圣保只有台阶。

葡京鸟巢罩金，新城万剑重叠。

金船马首塑像，三宝傲然凡界。

斯加威尼融洽，世间博彩首屈。

水城特色独具，人造天空真切。

半岛大屿氹仔，大桥凌波飞跃。

隔水相望珠海，探身拉手可接。

2013年7月

珠海圆明新园

圆明新园精美景,南北交融亭楼阁。
九州海晏树掩映,远瀛观台喷泉射。
古榕新椰遮茵片,白鸽黄鱼云水落。
林荫小径游客织,流憩湖边觉忘我。

2013年7月

中山影视城

孙文先生故居侧,瀚渺珠江水域西。
五大景区连环建,中日英美皆聚集。
才出日本东京都,举步踏入迈阿密。
影视地拍五湖景,中山城聚四海艺。

2013年7月

开平立园碉楼

江门开平赓华村，乡土建筑一典范。
防卫居住小塔楼，合璧罗马伊斯兰。
丝雨滋润小观园，细音歆飨在耳畔。
山水罗汉绕潭溪，胜境一方留纪念。

2013年7月

七星岩

峰险石异穴庙古，五湖六岗七岩洞。
状如北斗风光旖，摩崖石刻千年情。
荷花仙女美动人，泛舟莲田入画梦。
挺秀清澈绰约姿，湖山河树仙间景。

2013年7月

肇庆鼎湖山

山幽林茂水汽清，天然氧吧离子富。
庆云寺上龙腾云，放生池中龟漫步。
宝鼎园内器贵重，螺旋升入转运路。
休闲旅游宜人选，回归线上一明珠。

2013年7月

肇庆古城墙

古城墙依旧，四周砖还在。
宋崇镇南闭，端溪朝天开。
瓮城墩台厚，雉堞披云来。
遥想端王时，辉煌更气派。

2013年7月

肇庆崇禧塔

塔镇河妖,滔滔西江。人才辈出,文运兴旺。
八角九层,檐铃叮当。托塔力士,亦谐亦庄。
鲤跃龙门,双凤朝阳。神态各异,刀法粗犷。
聚宝集气,洪福无疆。唐宋古韵,雄伟厚壮。

2013年7月

肇庆阅江楼

肇庆一景出西江,回廊连起阅江楼。
南檐悬匾书巨字,雅士晚眺吟咏酬。
岭南庭院点水山,米兰古树扭曲虬。
夜灯勾勒雄姿样,千帆悠然过沙洲。

2013年7月

三水荷花世界

四季花开太空莲,观赏药食物美廉。
夏赏风荷波千层,秋览芙蓉秋霜染。
晨窥仙子贵妃浴,晚探玉荷少女含。
荷丛荡舟采莲蓬,丽妍弥望情盎然。

2013年7月

佛山祖庙

古城北祖庙,大帝祠玄天。
历岁经久远,首座寺佛山。
瓦脊布石塑,院壁点雕砖。
技艺超精湛,特色在民间。

2013年7月

海拉尔要塞

海拉尔北山，关东军要塞。
东方马其诺，地下城堡寨。
环行防御地，劳工血泪在。
勿忘亡国耻，呼伦滚滚来。

2013年8月

满洲里（二）

呼伦三河芦荡鸟，五代国门史见证。
套娃广场流光彩，四一界碑严神圣。
火车广场功勋号，大汗行营旗迎风。
满洲里市北疆珠，鸡鸣三国异域情。

2013年8月

呼伦湖

呼伦贝尔草原西,新巴尔虎左右旗。
沼泽连绵水域宽,起伏山峦峻峭壁。
烟波浩渺天水连,白帆点点海鸥栖。
三河接通贝尔湖,爱侣情深无伦比。

2013年8月

巴尔虎草原

巴尔古津畔,山水牧草野。
天高地更阔,旖旎风光叠。
白羊布草间,悠歌传天界。
美景醉意心,陶然不忍别。

2013年8月

根河湿地

亚洲湿地位居首,呼伦贝尔古纳西。
四条大河交汇处,漫滩柳灌丛草密。
牛轭湖飞小天鹅,丹顶鹤嵌碧草地。
银色玉带弯曲淌,告别喧嚣向静谧。

2013年8月

遥桥古堡(一)

雾灵西峰麓,明代兵营堡。
戍边将士裔,民风习俗老。
四面青山翠,数户炊烟袅。
夜空繁星闪,晨林小鸟笑。

2013年8月

遥桥古堡（二）

雾灵西峰畔云岫，明代戚氏筑营盘。
四面青山翠斜阳，精山小村袅炊烟。
夜空星闪寂万籁，几声鹄鸣响林间。
雄鸡迎引燕纷飞，京北农家享悠闲。

2013年8月

密云云岫谷

东邻雾灵山，西毗司马台。
峰奇砾石巨，南天一柱来。
花木葱茏秀，香飘数里外。
水秀石红瀑，怡旷心神开。

2013年8月

延庆野鸭湖

燕山太行衔接处，环湖湿地绕滩涂。
孟春万柳吐嫩绿，仲夏荷田捧银珠。
金秋香蒲曳红霞，隆冬芦花荡白雾。
天鹅野鸭浮碧波，如诗似画看不足。

2013年8月

怀柔神堂峪

雁栖河蜿蜒曲折，荞麦山闪转腾挪。
石神龟天宫之兽，菩萨帽山鹰叼啄。
鳄鱼潭浑然天成，鸳鸯池朝仙拜客。
神堂峪清山秀水，散发友各得其所。

2013年9月

光岳楼

凤凰城中凌空站，巍峨壮丽势非凡。
鲁西名胜光岳楼，料敌望远报时间。
东昌陈镛建余木，斗拱榫卯卅柱连。
神光钟映乾隆诗，泰岳东来紫气悬。

2013年10月

海源阁

鲁西凤凰东昌府，江北水城一奇葩。
门红钉黄琉璃绿，檐翘楼重藏书家。
道光进士偿夙愿，四代潜心集精华。
长廊读亭高台在，不见当年杨探花。

2013年10月

聊城山陕会馆

运河西岸古建群,琼楼玉宇姿璀璨。
雕梁画栋金碧映,山陕商贾乡谊联。
祀神祭圣茶品戏,古槐相向风运全。
大义参天歌武财,精忠贯日颂文贤。

2013年10月

中国运河文化博物馆(一)

东临古韵悠长运河,西依美丽东昌湖畔。
运河文化聊城历史,民俗百态风情自然。

2013年10月

中国运河文化博物馆(二)

西依美丽东昌,东临古韵徒骇。
运河文化聊城,民俗风情百态。

2013年10月

东阿阿胶养生文化苑

十七孔桥照岸柳,洛神湖水映药山。
万寿石径步登高,回头望福青云边。
冬至子时接圣泉,驴皮阿胶历三千。
观影逛街品美味,养生体验度休闲。

2013年10月

景阳冈

鲁南张秋,景阳土冈。莽草丛生,林荫蔽阳。
三碗不过,山神在上。武松打虎,勋业昭彰。

2013年10月

阳谷狮子楼

鲁国西南首,阳谷狮子楼。
青瓦连飞檐,始建宋景祐。
茶馆王婆在,饼店大郎走。
酒馆纸扎铺,线庄摆缎绸。
千户宅第深,后院山水秀。
武松雄风劲,戏台琴弦幽。

2013年10月

滕国故城遗址

姜屯滕城文公台,两河分汊故城址。
黄帝王裔武王帝,民勤国善存青史。

2013年10月

鲁班纪念馆

枣庄滕州龙泉边,卯榫蕴含古朴风。
祭拜木石鲁班庙,百工圣祖益众生。

2013年10月

墨子纪念馆

龙泉塔侧荆河畔,鲁南明珠墨子馆。

立言践行凤凰志，兼爱非攻筑杏坛。

2013年10月

滕州龙泉塔

巍巍唐塔荆河岸，斜阳西照霞万千。
塔影高标蠡善国，浮屠峙玉立壮观。

2013年10月

台儿庄大战纪念馆

摒弃前嫌并肩战，舍生忘死保家园。
硝烟散尽魂仍在，血火英雄义薄天。

2013年10月

台儿庄古城

神农枣树庄园,鲁南明珠古城。
豪放秀美水乡,民族历史丰功。
南北中西交融,宗教民俗风情。
河堤码头莲池,夜市渔火歌声。

2013年10月

微山湖

桑田沧海峰成湖,村庄环布青流绕。
三贤陵墓谜难解,世外桃源微山岛。
春帆点点似帛绢,夏荷田田香气妖。
秋菰苍苍渔歌晚,冬猎凿冰鱼虾闹。
晨晖初露光跃金,夕阳西下霞万道。
霓虹遍地鱼楼喧,繁星满天青蛙噪。
水底留城张良地,花岗白帆英烈骄。

歌声悠扬轮渡行,流连忘返乐逍遥。

2013年10月

潭柘寺

背倚宝珠山,九龙马蹄环。
佛地塔林立,僧院木参天。
东西观音洞,安乐延寿坛。
千丘拱翠舞,万壑堆云翩。
御亭流杯醉,锦屏雪浪翻。
雄峰捧日出,层峦架月现。
气摄太行后,地辟幽州先。
四海宾朋客,拜游乐陶然。

2013年11月

大禹渡

神柏峪,境优美。电灌站,两扬水。
沉沙池,容颜翠。千年树,雄姿伟。
大禹像,中条堆。望岳亭,龙凤对。
气垫船,河面飞。田园景,惹人醉。

2013年11月

芮城永乐宫

古魏城址吕公祠,道教主流全真地。
斗拱层叠雕饰简,龙虎三清重殿宇。
朝元气势衣饰美,壁画瑰宝敦煌媲。
当代鲁班奋五载,永乐彩霞飞芮里。

2013年11月

蒲州普救寺

蒲州古城峨眉塬,坐北朝南居高临。
上下三层制恢宏,东西两轴格雄浑。
莺莺寄居梨院客,张生借宿西轩宾。
待月迎风敞半户,隔墙花影迎玉人。

2013年11月

解州关帝庙

北靠银湖,面对条山。雕梁画栋,肃穆庄严。
大帝武圣,幼读经典。痛除恶霸,远走潼关。
义结刘张,匡扶汉天。战吕退曹,灭董破袁。
绝伦逸群,魂归乡田。威震华夏,万代仰瞻。

2013年11月

运城临猗

东望太岳,西临黄河。南面中条,北屏峨坡。
陶猗故里,郇阳古国。双塔日月,巢雁藏蛇。

2013年11月

黄花城水长城

九渡黄花天寿阴,奇景秀色山水间。
永乐长城盘峰脊,灏明碧波掩龙颜。
盘根古树挂板栗,戏珠虬枝撑苍天。
石径木桥飨远客,谷潭映影醉流连。

2013年11月

老北京微缩景园

南口红泥沟,明清古都园。
洋片武术闹,曲艺杂技演。
作坊茶酒肆,胡同四合院。
京华老风貌,微缩小景观。

2013年12月

昌平悼陵监

明时悼陵神宫监所,世宗皇后陈氏墓冢。
袄峪东麓思陵尤在,烙糕酥软乡味郁浓。

2013年12月

沧州铁狮子

背负莲盆胸饰带,身披障泥北面南。
鬃作波浪垂项上,昂首怒目行步前。
文殊坐骑镇海吼,降龙灭灾大浪淀。
千年伫立浮阳地,永镇邪恶佑民安。

2014年2月

沧州

临海靠津,望辽眺鲁。水旱码头,崇技尚武。
石油之城,管道之都。卫河平淌,铁狮立伫。
毛诗发祥,非遗名录。徐福千童,扶桑东渡。
文宗纪昀,总纂四库。状元春霖,小楷帖谱。
南皮古城,浪淀荷舞。粮台射雉,寒冰祛暑。
贝壳沙堤,罕见遗古。鱼盐之利,万灶海煮。
沧州冬菜,不干不腐。小枣金丝,甜蜜形珠。

吴桥杂技，绝活奇殊。地美人杰，引人长驻。

2014年2月

吴桥杂技大世界

街心田间争高下，老幼男女齐演练。
戏台大篷幻魔手，江湖文化秀奇观。
再现俗粹京津沪，娱乐参与仿学传。
城郭不殊风景异，吴桥杂技明珠闪。

2014年2月

门头沟灵水村

群山绿树环围，四神玄武定立。
鬖鬏莲花罩靠，天人风水合聚。
东岭石人挥手，西山耸翠欲滴。
南庵近眺妩媚，北塔凌云如炬。

万字灯阵闪亮，金榜秋粥义举。

水饭粥酸开胃，油香面甜赛蜜。

儒雅文脉绵厚，吟诗作画生气。

暮色村落尽染，思古幽情浓郁。

2014年2月

月亮河温泉度假村（一）

古城左近，运河湖畔。碧波荡漾，水映白帆。

幽静绿洲，氧吧天然。林荫通幽，忘返流连。

2014年3月

月亮河温泉度假村（二）

月亮河滨，古运湖畔。波照红舫，水映白帆。

花漫长堤，柳拂两岸。荫庇径幽，忘返流连。

2014年3月

世界花卉大观园

庭内天女飘衣袂,院中万芳抢色鲜。
湖畔垂柳映波碧,丛中白墙俏江南。
倭亭风车韵异国,城堡迷宫闹童颜。
天南花草萃数棚,海北经典揽一园。

2014年5月

独乐寺

天津蓟县城西处,贞观唐寺统和修。
庑殿山门观音阁,独乐匾额严嵩留。
哼哈二将辽彩塑,四大天王清绘就。
鸱尾长长犹飞翔,晨灯景美渔阳首。

2014年6月

渔阳古街

东起鼓楼西独乐，古街风韵胜明清。

高阁耸立飞檐起，雕梁画栋巧天工。

百年老槐曳多姿，千年古刹相辉映。

店铺鳞比商户集，旗幌随风迎宾朋。

2014年6月

蓟县白塔（一）

独乐南白塔，八角覆钵压。

汉印融一体，因缘生诸法。

铜铎唤风响，飞鸟恋檐牙。

金峰挂西月，玉柱擎燕霞。

2014年6月

蓟县白塔(二)

独乐白塔千年立,八角密檐覆钵起。
因缘相生有诸法,汉胡印佛融一体。
檐角铜铎随风响,凌空惊鸟追云去。
翠屏金峰挂西月,塞外玉柱擎燕雨。

2014年6月

蓟县白塔(三)

白塔独乐比,八角覆钵举。
汉印胡格融,因缘诸法一。
铜铎唤风生,惊鸟呼云起。
金峰挂西月,玉柱擎燕雨。

2014年6月

蓟县州河公园

群落绿化植松梅,人物雕塑融古今。
烟波浩渺翠屏湖,远山如黛凤凰临。
挺脊伏卧鲤鱼洲,万株果树境宜人。
葱茏苍郁翠屏山,丘陵连画状龟身。
求雨避灾承露台,岳飞庙址跪奸臣。
巍峨壮观湖滨坝,巨龙横出佑万民。
九曲画廊依垂柳,柴户水寨绕渔村。
自然人文绰风姿,观赏休闲娱乐心。

2014年6月

蓟县西井峪村(一)

府君山后,绿树蔽舍。瑞撒幽香,宜人景色。
十坊卅院,石头群落。古朴遗风,繁华山隔。

2014年6月

蓟县西井峪村（二）

府君山后地质园，四面环山绿树映。
花果飘香景宜人，因石生居古朴风。
如诗如画小村庄，远像城堡近迷宫。
五景十坊三十院，藏秀撒香悠闲情。

2014年6月

蓟县翠屏湖

翠屏凤凰扶西坝，烟波水色藏鳖虾。
浮鸥戏鱼舞粉蝶，葡核杏梨满彩花。
远山如黛隐古寺，黄金翅鲤名天下。
东岭晨望恋山影，西崖晚眺爱晚霞。

2014年6月

黄崖关长城

蓟州崇山岭,营墩十八台。
明将戚继光,总兵守关隘。
夕照金光烁,敌楼烽火在。
津门风景美,黄崖煞可爱。

2014年6月

雾灵山(一)

燕山高峰雨热同,冬长夏短四季清。
麓飘桃花巅飞雪,下雨连绵上日明。
层峦叠嶂沟有水,天然氧吧奇秀雄。
苍山为骨溪脉络,峡谷壁立云雾浓。
百鸟欢鸣春花雨,蜂蝶缠绕夏林风。
桦枫尽染秋路黄,银装素裹冬瀑冰。
伯温巡刻清凉界,涧草含薰古木笼。

古燕辽海京东首,伏凌五龙孟广硼。

2014年7月

雾灵山(二)

中生震旦花岗起,伏凌五龙孟广硼。
麓飘桃花巅飞雪,脚雨连绵顶日明。
峦叠嶂层沟有水,氧丰离负奇秀雄。
石苍潭深溪流长,谷峡壁峭仙气浓。
鸟欢花闹春草绿,蜂绕蝶缠夏林青。
桦白枫红秋坡黄,装银裹素冬瀑冰。
伯温巡刻清凉界,涧草含薰古木笼。
燕山之极京东伫,由来云雾灵气生。

2014年7月

古北水镇(一)

背靠司马台,坐拥鸳鸯湖。
山水自然村,明清古建筑。
青石铺窄街,鳞次建老屋。
汤河支流绕,乌篷水船游。
镖局堆远货,染坊挂彩布。
小烧出陶坛,会馆接古渡。
书院咀英地,茶肆品茗处。
世外桃源美,坐享不知足。

2014年7月

古北水镇(二)

长城伏岭拥鸳鸯,燕山卧荒揽汤河。
青石铺路环老屋,乌篷驾水凌碧波。
书院晒简咀英华,茶肆膛炉品茗热。

独自凭栏发幽思,桃源呈景享美色。

2014年7月

顺义七彩蝶园

巨翅神韵起,彩蝶四季翩。
坪草绿茵翠,园花红蕊鲜。
溪流绕斑竹,湖石透蓝天。
风筝随云舞,鹤发逐童颜。

2014年7月

双塔山

滦水蜿蜒,花树葱茏。山峦奇秀,怪石峥嵘。
祈拜神龟,夕照驼峰。日见卧佛,夜闻钟磬。
天书难认,草鞋御风。韭菜灵草,庙龛通灵。

碧水如镜,吹面微风。比肩双塔,鬼斧神工。

2014年7月

承德普陀宗乘之庙

狮子沟北依山势,布局自然富变化。
藏传佛教建筑风,平顶碉房梵白塔。
吉祥天母降魔妖,金鳞铜瓦归万法。
殿堂楼宇星罗布,普陀宗乘布达拉。

2014年7月

避暑山庄

宫室园林庙,武烈河西岸。
耗时九十载,历经康雍乾。
建筑百余处,山中见古园。
丽正松鹤伫,如意青雀伴。

亭榭轩斋寺，殿堂楼阁馆。
烟波致爽清，芝径云堤畔。
无暑清凉界，水芳岩秀间。
绮望驯鹿坡，俯凝月牙现。
畅远冷香飞，采菱红莲观。
万壑松风在，锤峰落照晚。
南山陪雪梦，梨花伴星眠。
曲水荷香缕，风泉清听闲。

2014年7月

塞罕塔

东坝梁上塞罕塔，灵验佛庙十三瓦。
跑马射箭民歌舞，七层八角白云下。
防火瞭望观光游，木兰秋狝满壁画。
春草吐新夏翠涌，秋叶霜染冬琼花。

2014年7月

木兰围场月亮湖

沙拉诺尔状月亮,曼甸翠野散牛羊。
一湾碧水绕红柳,数朵格桑摇斜阳。

2014年7月

漠河观音山

胭脂沟溪清流缓,林海观音北朝南。
遥望涯角真身像,七彩佛光照湛蓝。
郁葱松林着褐裙,姹紫山花展笑颜。
飘逸白云浮树梢,净瓶圣水洒人间。

2014年8月

李金镛祠堂

漠河金沟林场，樟子落叶无垠。

长阶柏翠草绿，宝祠檐飞雕新。

开矿安边兴利，义帐救灾恤邻。

李公德昭宇宙，金圣功迈古今。

2014年8月

北极村

兴安岭麓七星翠，临江小镇北极村。

中华边陲群山巍，依诺隔江俄风临。

金鸡之冠界碑立，松木栈道香气熏。

最北邮局圣诞树，明信图片寄至亲。

典雅朴素木刻棱，傍晚黎明难区分。

篝火不夜载歌舞，绚丽极光通灵神。

璀璨星斗赫然挂，明亮闪烁离天近。

一湾碧水缓流淌,荡天涤地净人心。

2014年8月

松苑公园

火魔不忍松苑吉,森林得留堪称奇。
兴安杜鹃映山红,夺目鲜艳绘彩壁。
松木成荫衬花海,香飘满园景色异。
林中小径幽且静,坐看斜阳恋亭椅。

2014年8月

漠河火灾纪念馆

割机引燃地上油,疏忽难控蹿树冠。
悲伤炼狱露狰狞,熔城烈火惨人间。
脱缰野马四散去,军民决战大兴安。

救灾援助重建家,漠河涅槃换新颜。

2014年8月

漠河西山公园

山巅钢塑金鸡冠,漠河腾飞天鹅首。
夏披翠绿花绕亭,冬呈异彩冰雕游。
俯瞰小城街衢纵,万家灯火照平畴。
子夜漫步拾阶上,天然画图白如昼。

2014年8月

扎龙国家级自然保护区(一)

湿地辽阔湖泽密,鱼虾欢唱苇草丛。
水鸟觅食栖息地,繁衍天堂泡湖汀。
苗圃草甸原如毡,大鸨蓑羽旷野鸣。

登楼凭眺丹顶鹤，群起飞翔碧蓝中。

2014年8月

扎龙国家级自然保护区（二）

湿地弥望湖泽密，鱼虾游弋苇草丛。
水鸟觅食栖息地，白鹤天堂泡湖汀。
苗圃草甸原如毡，大鸨蓑羽旷野鸣。
登楼凭眺丹顶现，银羽展翅画碧空。

2014年8月

齐齐哈尔市劳动湖公园

卜奎古河道，鹤城新湖泊。
十万劳动军，贯通南北河。
穿珠五广场，散落三雕刻。

朝阳抚齐大，夕照染碧波。

2014年8月

五大连池世界地质公园

火山博物馆，矿泉水之乡。
穿珠五湖泊，山秀水清凉。
雄峻巅火口，波澜翻花浪。
奇绝气锥碟，云蒸温泉港。
鬼斧龙门寨，如画群山像。
三伏冰雪癫，数九绿草狂。
石头水上漂，熔岩赛火炕。
中华胜地处，绝世奇景长。

2014年8月

太阳岛(二)

满语鳊花太宜安,岛内坡岗洁细沙。
太阳石奇天然造,老君炼丹遗中华。
松鼠喜人树间飞,天鹅鸳鸯绿头鸭。
牡丹芍药次第开,冰雪韵辉冬回夏。

2014年8月

中央大街

北起江畔,南接新阳。异域建筑,包罗万象。
花岗铺地,历久弥长。圣·索菲亚,铜钟悠扬。
江畔公园,雕塑粗犷。微风习习,小船轻荡。
沙滩嬉水,欢声异常。购物娱乐,小憩观赏。

2014年8月

侵华日军第七三一部队遗址

罪证遗址在,哈尔滨平房。
惨绝人寰事,魔窟害忠良。
石井加茂名,细菌称东乡。
木头马鲁大,冤魂无限长。

2014年8月

丁玲纪念馆

桑干河畔庄户地,丁玲曾住温泉屯。
农民夜校址犹在,建馆纪念女名人。
展室文物忆当年,魏巍题名如有神。
塑像戎装姿仍飒,古槐抱榆爱更真。

2014年10月

怀来涿鹿

飞来广漠朝晖隐,湿沙无径漫徜徉。
三祖庙堂观壁画,合符坛上听雨响。
停车只爱桑干美,河畔丁玲准故乡。
金风飘云天益湛,秋水染山叶更黄。

2014年10月

宣化

清远铜钟报昏晓,十字券洞多檐重。
神京屏翰御笔题,镇朔更鼓振边穹。
拱极墙高三丈五,昌平著耕守难攻。
红墙大殿千佛塔,时空恩怨参悟性。

2014年10月

大境门

石基砖砌楼高耸,长城名关徐达创。
顺山蜿蜒接两峰,大好河山寸不让。
张库古道由此起,扼守京都通贸商。
镇河牛卧听风雨,铁木门锈话沧桑。

2014年10月

张家口水母宫

水母路经卧云山,思饮指地清泉生。
洗鞣毛皮柔铮亮,古城皮都由此兴。
玉祥鸿昌塑像在,报国英魂浩气正。
拾级而上小径幽,览山观云心宁静。

2014年10月

张家口堡子里

街巷鸟瞰玉皇阁,钟鼓齐鸣在文阁。
将军府邸门楼阔,抡才书院壁画靓。
康熙茶楼居室雅,晋商银号柜台长。
武堡原点并老根,民居博览更家乡。

2014年10月

张北太子湖

太子驻马山顶上,一汪湖水接南北。
山环树拥倒影瘦,波平浪细鱼虾肥。
獾出狍没百花艳,鹭呆鹰矫黄叶飞。
岁月舒缓烟雨幽,留恋遐思待人催。

2014年10月

中都草原

元皇宗族巡幸地,纯美壮阔大草原。
牛羊满野驼马走,鼹鼠嬉戏湖泽边。
百鸟齐鸣繁花锦,清爽宜人避暑天。
风云岁月俱往矣,悠悠古地天仍蓝。

2014年10月

元中都遗址

武宗海山巡幸处,三重城池宫皇郭。
琉璃瓦当散四野,滴水花砖落荒坡。
白玉螭首没泥淖,花岗石础陷土窝。
御道漫步叹风雨,城垣踯躅感山河。

2014年10月

沽源五花草甸

金莲腹地水库间,葫芦玉带环绕镶。
春末玉梅朦胧粉,盛夏金莲典雅黄。
金秋薄荷幽幽开,初冬地榆紫奔放。
水鹳苍鹭缀草甸,秀美神奇能忘乡。

2014年10月

宋庆龄陵园

万尺草坪衬雍容,龙柏雪松护英魂。
朴碑素字写不朽,罗汉桂花搭长荫。
红石基座高节在,白玉雕像风采存。
四季花盛添肃穆,丁香紫薇念故人。

2014年11月

徐汇区桂林公园

龙墙绕绿荫，花窗透玉簪。
木渎严家石，翁婆神形叹。
歇山携斗拱，翘角飞重檐。
四教浮雕美，别致江浙罕。
九曲长廊亭，多角龙头连。
菱渚隔水秀，凌云望月掩。
曲径通幽处，花木葱茂观。
大佬私人墅，黄家小花园。

2014年11月

田子坊

晴尘雨泥旧里弄，音美能家引高朋。
店铺鳞次成苏荷，永玉思古命雅名。
石库门里曲径幽，似曾相识回味浓。

秋风借得半日闲,咖啡慵来满杯情。

2014年11月

青浦朱家角镇

北接昆山,南邻沈巷。文儒荟萃,代有贤良。
放生石桥,抚栏静赏。街窄通幽,满目旗幌。
旧宅鳞次,黛瓦粉墙。砖雕一绝,席氏厅堂。
吴中七子,王昶蜡像。珠溪课植,书染稻香。
河埠缆石,茶馆琳琅。慈门杰阁,佛眼夜光。
风晨月夕,警世钟响。城隍三宝,画轴台梁。
长街三里,店铺千幢。廿六小弄,奇深迷茫。
灯游夜船,一字蛇光。古意盎然,江南水乡。

2014年11月

天津南市食品街

仿清古建灰墙起,重檐殿式木结构。
金碧彩画牌楼匾,飞檐翼角琉璃兽。
振羽兴歌格欧赵,中圣华腴风颜柳。
津门十景餐购娱,邻商靠旅望鼓楼。

2015年1月

龙庆峡冰灯节

五彩延庆数九俏,欢乐冰雪迎冬奥。
银装素裹五羊祥,金花火树飞马傲。
白象举鼻吉拱起,赤鲤挺身龙门跳。
城堡迷宫垂髫欢,大好河山黄发笑。
虬腹蜿蜒升坝顶,云飞风疾鼓衣袍。
星光璀璨挂崖闪,长城腾挪环山绕。
河面水凝寒气劲,洞中镜映花艳娇。

既望嫦娥东山出，如梦似幻仙逍遥。

2015年2月

蔚州古城

壶流河水碧波荡，代国代郡称蔚州。
飞狐古道通原漠，雄甲诸边铁城修。
四大主街分南北，文昌万山出中轴。
衙署寺庙民居密，明清遗风似个稠。

2015年2月

蔚县玉皇阁

重檐歇山布瓦顶，蟠龙大吻琉璃黄。
八仙跑兽悬铁铎，微风吹拂叮当响。
壶流迤逦银带飘，翠屏朦胧雾云茫。

西山明秀东村疏，阡陌尽收靖边昌。

2015年2月

蔚县暖泉镇

逢源佛镜水温高，寒冬腊月汽如蒸。
节日社火打树花，小吃独特风味浓。
书院魁星清静地，绿荫蔽日养德行。
城堡戏楼民风淳，名人才子层不穷。

2015年2月

蔚县上苏庄

峦耸林茂鸟兽众，草鲜花艳清泉流。
山洪屡发移新址，上行复苏平安由。
状似镶锣街交错，四合宅院历春秋。

青砖灰瓦雕梁栋，雨流石阶响堂柔。

2015年2月

人定湖公园

黄寺安德六铺炕，五八建造群众忙。
坑浊水污气曾臭，草盛树茂荷已香。
浴女出水花四溅，生命旋律冲云上。
玉壁伊甸幻罗马，疏林幽径消闲方。

2015年3月

海淀黄寺

普净禅林达赖庙，东西遥对两相望。
清净化城有白塔，上下八角金顶亮。
敕建驻锡留远客，格鲁僧人袍帽黄。

京觐乾隆贺古稀，数世朝贡渊源长。

2015年4月

九天休闲谷

京津走廊明珠闪，钢架覆板视野阔。
四季如春花争艳，生态观光满园色。
健身锻炼有美食，小桥流水树婆娑。
九天生态休闲谷，品茗赏景叟童乐。

2015年4月

越王墓

西汉越王墓，依山覆砂岩。
编钟鼎镜亮，行玺虎节鲜。
天宝有玉衣，物华出岭南。

瓷枕宋金风，报国赤心拳。

2015年4月

中山詹园

洲山溪河相映趣，岭南水乡风格朴。
斗拱飞檐曲径草，青砖灰瓦粉墙树。
岐江廊桥连两岸，乐鼓齐鸣贺寿舞。
食街水寨碧波漾，品茗赏景月之初。

2015年4月

白洋淀

永定滹沱涛连山，十河汇聚波接天。
大淀小泊百余数，海湖湖陆成演变。
沼泽芦苇随烟绿，香蒲荷花逐波鲜。

水草丰美鱼鸟乐，日出斗金北江南。

2015年7月

荷花大观园

五区迎宾莲烟袅，四园静心荷云娜。
三港观鱼休闲处，二滩浴场一山坡。
十里环路绿荫凉，百顷花塘粉苞娑。
千丈赏桥凌红蕊，万米航道铺碧波。

2015年7月

白洋淀文化苑

西淀风荷鱼鹰栖，雁翎小舟芦荡随。
东堤夹岸烟柳绿，水生霸莲浮叶肥。
康熙水围行宫在，敕赐沛恩古寺美。

嘎子村里娃儿闹,祈福钱屏龙欲飞。

2015年7月

西柏坡

西扼太行莽,东临冀中原。
向阳马蹄坳,一水三面山。
小村风光秀,散落滹沱岸。
滩肥粮地宽,晋察乌克兰。
圣地三役捷,新政两会欢。
伟人铜像伫,国梦有高瞻。
黄绿坡麓处,旧址土墙院。
淳朴古风浓,红色美名远。

2015年7月

直隶总督署

历经八帝署直隶,六十余任清缩影。
国藩鸿章袁世凯,恪职首牧系民生。
仪门大堂通南北,森阴桧柏住猫鹰。
三资辅政皇天下,保卫苍生定京城。

2015年7月

古莲花池

莲漪夏艳香雪园,帘户疏越澄澜漾。
台由楼生榭参差,鱼自浮泳鸟低翔。
清水鉴身赏荷红,绿柳荡心观月朗。
书院行宫森古木,几疑闹市为蓬乡。

2015年7月

怀柔渤海所

草茂林盛开阔地，定名渤海缘乡情。
二郎鞭赶巨石走，乞渴祖孙慷慨赠。
长城隘口防外寇，拱护帝城千户营。
云秀山青繁养息，千年荫庇有银松。

2015年8月

延庆四海镇

四水合流烽火望，两山如翼要塞方。
屏障天开拱古都，龙潭应雨逗鸟唱。
秋季花卉万寿菊，遍地葱茏满谷黄。
岫巅云霭岩柏翠，樵居逸隐歌晚香。

2015年8月

赤城

京北冀西白河畔，山石多赤霞城焉。
群峰环绕壑纵横，黑白红水川通贯。
苍峦幽谷汤泉热，取暖无煤凉不扇。
峭如刀削四季涌，通体巨崖碧摩天。
地鼓天钟十殿窟，曙色初启朝阳观。
大海陀景自然文，峰高林密山花烂。
六月雪积冰梁峒，飞来怪石天造园。
朔方屏障路咽喉，龙门锁钥塞外藩。

2015年8月

赤城汤泉河

海河支流潮白源，赤城东栅野马盘。
观礼平台两岸绿，白玉栏杆广场宽。
日暮彩灯照碧水，流行音乐恋喷泉。

通衢青狮玉龙兴,虹桥四座靓景观。

2015年8月

草原天路

东接史源涿鹿祖,西连故乡阳原湾。
北通朔方张库道,融合耕牧历程艰。
山峦跌宕河流蜿,沟壑草甸牛羊满。
长城遗址星散落,桦林野花翠艳鲜。
阎片石头神工斧,寒北梯田卧自然。
风车高耸迎风摇,野罂格桑缤纷原。
碧空篝火繁星亮,静谧深远梦想岸。
游人车龙达张北,景观异奇百里卷。

2015年8月

延吉图们

古渡圆石寂寞踞,面水独述当年绩。
界碑方柱连线站,隔江群表慷慨绪。
日月翠山平地耸,板路蜿蜒缠绿躯。
雕塑散落青坡顶,喜怒哀乐显童趣。
华严古寺龙梯陡,铜铎声脆挂银鱼。
悬台远观狮虎偕,木亭俯瞰图们曲。
口岸伫立三角塔,国门飘扬五星旗。
小城清雅随兴游,斜阳正红不忍去。

2015年8月

珲春防川

图们入海口,东方第一村。
花岗土字牌,辱衰史痕深。
瞭望塔一哨,目光炯有神。
莲花湖水清,相映红白粉。

丹鹤海鸟嬉，幽谷君子临。
柳绿江蓝碧，原阔海天银。
张鼓湖峰静，梨花堆秀云。
鸡鸣闻三国，花开香四邻。

2015年8月

延吉金达莱民俗村（一）

靠山流葱翠，环水淌碧波。
白墙覆青瓦，繁花香村舍。
灯杆挑红蓝，秋千荡欢乐。
浴水生新颜，将军迎远客。

2015年8月

延吉金达莱民俗村（二）

靠山流葱翠，环水淌碧波。

白墙覆青瓦，红花簇屋舍。

灯杆绽达莱，秋千荡欢乐。

明岩浴水生，桃源小村落。

2015年8月

渤海中京城遗址

靺鞨祖先称肃慎，赐李封公建渤海。

中京内外两重垣，古城夯土只高台。

绿釉琉璃花纹砖，忍冬瓦当芙渠开。

千年一炬成荒远，满野蓬蒿述从来。

2015年8月

延吉市人民公园

烟集河畔休闲地，古木参天花常开。

山水亭台楼阁秀，虎鹿蛇蟒雀鹅白。

成荫绿树掩翠草,天池雕塑伫高台。

百年古园商埠起,近邻远友四方来。

2015年8月

延边大学

古河烟集畔侧,风情民族特色。

白山辉映校园,楼馆耸入云朵。

发愤尚中日新,求真至善融合。

学子欢聚青春,彩梦描绘祖国。

2015年8月

延吉金达莱广场

布尔哈通河畔,百姓观景休闲。

儿童嬉戏热闹,大妈场舞蹁跹。

初晓几多晨跑,日暮各种摊点。

环境清静淡雅，养身怡心聊天。

2015年8月

延边博物馆

地方历史民族风，馆舍三迁合博物。
展览参观学互动，藏品保管珍器复。
千秋正气血筑墙，诸国遗址延吉古。
车轮前转顾展望，文化遗产传民俗。

2015年8月

平谷天云山

北方张家界，京东天云山。
板路穿绿荫，小雨湿发帘。
李靖托塔眺，百舸争水潭。
王母桥上庙，巨石书情缘。

情思平台幽，双龙狭口欢。

瓦族歌舞劲，高空钢丝险。

寒坡美人冷，玻璃栈道悬。

谷风清凉意，痴坐久忘返。

2015年8月

平谷石林峡

峡谷石林峭拔秀，根根直竖峻陡丽。

雄狮出征盘柱龙，巨笔赛橡起笋玉。

老象出山曳绿枝，小牛伏水蹚地渠。

头顶一线透日月，灵潭穿链汪四季。

崖壁画卷丛黄塔，亭阁祥云飘白絮。

悬帘四叠银珠洒，高阶贰佰通天梯。

神猴睨洞怀仙桃，霞姑临渊望夫婿。

蘑桌桩凳清凉界，静坐幽思不忍去。

2015年8月

西湖苏堤

屏山北眺栖霞岭,疏浚葑泥起长堤。
六桥烟柳钱塘景,春晓艳桃西湖趣。
碧波镜映潭月影,玉露曦照皂荚衣。
轻风勾魂丝舒卷,桂香销魂心忍离。

2015年10月

胡雪岩旧居

河坊大井元宝街,同治年间雪岩造。
东西合融美轮奂,布局紧凑构思妙。
银杏酸枝紫檀桦,无材不珍彩璃俏。
红木官轿镂花密,明廊暗弄天井高。
假山峭壁朱扉紫,芝园亭台楼阁豪。
徽塑雕砖庆余宏,印庐曲径石洞小。
锁春怡夏裱伯虎,洗秋融冬挂板桥。

红顶商人半代衰,凭窗面水最思考。

2015年10月

溪口蒋氏故居

武岭雄关墙胜铁,钥锁桃源世外相。
三里长街依剡溪,后堂前厅列两厢。
周屋易名称丰镐,墨柱赭壁富丽皇。
摩诃私庵毛氏墓,黄墙青瓦蒋姓廊。
楼轩亭台环舞榭,宗霸雕塑伴古樟。
溪口美景引客至,奎阁凌霄显文昌。
玉泰盐铺书清庐,修炼身心小洋房。
涵斋雪耻洗血碑,报本尊亲要道长。

2015年10月

镇海中学

梓荫南麓总持寺，蛟川书院宣统年。
易名鲲池立镇海，泮水三桥学宫前。
白墙黑瓦衬雕楼，烈士朱枫有憩园。
现代作家赵平复，柔石小亭蒂江念。
北宋雍熙筑大成，规制恢宏孔庙殿。
千载文昌经风雨，翰林炳纬再复建。
惩忿窒欲摩崖刻，苍劲有力蔚壮观。
知名校友不胜数，院士大家遍北南。

2015年10月

宁波镇海楼

城中南街北，鼓楼洪武修。
南宋已有阁，高宗躲北仇。
凤阙天连日，蛟门海晏秋。

萧飒西风叶，满目美景收。

2015年10月

天一阁

月湖西岸藏书处，嘉靖侍郎范钦修。
碑林亭台长廊雅，假山池沼石洞幽。
古籍书案墨香飘，南北七阁四库留。
东明草堂一吾庐，范氏故居芙蓉洲。
粉墙黛瓦柱梁褐，凝晖千晋脊檐钩。
民居特色秦氏祠，磅礴肃穆尊经楼。
司马宅第说世系，麻将列馆述源流。
天一生水克火患，代不分书遗训久。

2015年10月

陕西师范大学（雁塔校区）

终南幽幽雁塔伴，古都隐隐师摇篮。
厚德积学励志敦，徽志篆书心灵箴。
楼栋古朴钟灵毓，曲江流饮雪瀑源。
关中沃土播希望，学坛硕果李满天。

2015年11月

回坊风情街

广济院门西羊闹，大皮化觉洒金桥。
青石铺路树成荫，屋宇栉比明清调。
钟鼓楼后数条街，商贾云集非凡闹。
清真大寺伊斯兰，特色小吃风味飘。
夹馍凉皮岐山面，灶糖大串羊肉泡。
粉蒸凉粽锅盔馕，皮薄如纸灌汤包。
核桃干果甜蜜饯，甑糕柿饼蛋花醪。

坊上平民市井气，忘返流连腹已饱。

2015年11月

西安钟鼓楼

西街广济遥相盼，万历洪武蔚壮观。
重檐四角攒尖顶，青砖白座十字券。
鹏鸟展翅琉璃瓦，脊兽欲走大钟悬。
八百秦川大泽国，拴锁巨龟镇海泉。
明柱回廊彩枋窗，斗拱藻井雕花扇。
宝顶熠熠金碧辉，万道霞光入眼帘。
报时巨鼓孪生弟，文武胜地声闻天。
夜幕难掩雄丽影，挽毂四向保泰安。

2015年11月

大雁塔

玄奘取经返,舍利梵文典。
慈恩造砖塔,大乘法相绵。
砖仿木构阁,基身四门券。
曲江流饮名,天地万人先。
藻井眺古城,六合尽收眼。
法相禅修林,水道唐诗园。
群雕闻仙乐,光带豪瀑练。
水木清华新,繁花似锦烟。

2015年11月

大唐不夜城

雁塔曲江畔,六街四古建。
灯火辉煌城,唐风元素显。
贞观文化宏,美馆庑殿檐。
三里步道景,炫美盛唐卷。

万国朝贞观，诚服天可汗。

雕柱斗拱式，游宴话荣繁。

隆基九五尊，龙壁帝王范。

经典大国象，驻足细把玩。

2015年11月

大唐芙蓉园

紫云仕女御宴宫，杏园芳林有凤鸣。

曲江原隰山水色，秦皇宜春隋芙蓉。

饮曲池畔江流觞，宫锁千门细柳青。

形神升腾帝王心，万邦来拜群雕雄。

诗歌遗产明珠宝，书法印章精髓浓。

胡店环水船靠港，使节云集内外融。

神童辈出西门侧，故事传奇妙趣横。

古风食府悦客来，品花饮醑逍遥行。

2015年11月

西安明城墙

汉墙破败污严重，龙首南坡隋大兴。
唐末佑国补四垣，缩小规模改新城。
朱雀安福延玄武，诸门把守北西东。
秦中险固椟就藩，都督濮英扩有形。
朝代更迭经战火，几经毁修池畅通。
闸箭正楼歇山檐，回廊环绕古味浓。
黄土层夯糯汁打，外砌青砖异常硬。
凝聚记忆具标志，文化承传时代明。

2015年11月

曲江池遗址公园

北依芙蓉园，南接二世址。
碧湖江流饮，宜春凤凰池。
凿渠辟御苑，驾车带女仕。
樽壶酒浓酽，歌船宴乐弛。

林掩院径曲，腔硬皮影直。

清风徐胸臆，暖日畅心事。

春花夏观堤，秋月冬品诗。

慢说开元盛，细论古今失。

2015年11月

西岳华山（一）

南接秦岭北黄渭，峰似朵莲冠岚气。

危然耸峙劈救母，两壁欲合石中居。

神龟探海通地脉，天梯擦耳云耸立。

金锁锦鸡木葱郁，千尺山幢直如锯。

方家题刻工隶篆，周野屏开霞漫披。

绝崖千丈峭巍峨，脊色苍黛龙欲飞。

老子驾牛犁开沟，石室居隐谷奏笛。

观棋烂柯山论剑，扫俗登仙险如夷。

2015年11月

西岳华山(二)

北瞰渭黄南秦岭,西望长安东古地。
朵莲绽峰弥青岚,沉香救母斫两壁。
脖颈缩伸龟探海,脊背蜿蜒龙欲起。
笔直如削千尺幢,树木葱茏锁锦鸡。
天梯陡峭蹬客首,绝崖擦耳望足底。
方家题刻工隶篆,夕照祥云霞漫披。
老子驾牛犁开沟,石室居隐谷闻笛。
观棋烂柯山论剑,扫俗登仙险如夷。

2015年11月

西安钟楼

白玉方基九阶天,青砖重楼三层檐。
四角攒顶三六米,形制恢宏傲大千。
初建广济迎祥观,东扩挪离旧轴线。
斗拱凿景明柱廊,彩枋细窗雕花扇。

唐钟景云睿宗铭，鹤飞龙翔鸣声远。
预警空袭报警台，石林开设电影院。
仿古仪仗名家字，乐府秦音编钟演。
和风入暮伴古都，脆响破晓震秦川。

2015年11月

西安鼓楼

四街交汇钟塔秀，洪武十三鼓台悠。
西安知府长兴侯，陇有赢粮丰年修。
歇山重檐三滴水，侧狭正阔七间九。
画栋雕梁鎏金顶，外覆绿琉内彩绣。
陶罍石盾式样多，战戒神卦途用厚。
欢地喜天山林汉，虎跃狮腾滚绣球。
东西报更迎日月，南北道节送春秋。
文武盛地名四海，声闻于天贯神州。

2015年11月

化觉巷清真大寺

天宝初筑寺缤纷，元中重建万象新。
洪武扩缮清粉饰，乾隆再葺称清真。
坐西朝东青墙围，影壁雕花牌楼金。
四进院落天监兹，钦冀昭事碑石林。
道参天地米芾书，敕赐礼拜侍郎文。
月碑省心邦克楼，八角三层尖顶存。
大殿绿顶琉璃瓦，明七暗九容千人。
缠枝蔓花古兰经，流芳吐馥烦嚣尽。

2015年11月

大明宫国家遗址公园

东方圣都丝路原，昔日赫然三宫殿。
万春千秋德三清，龙首塬上城俯瞰。
内廷太液大兴庑，前朝宣政紫金銮。

夹城仍述煌过往，北门犹说玄武变。

2015年11月

兴庆宫公园

五王宅府则天倡，滨水豪宅贵胄帮。
东门之外咸宁西，长安城侧兴庆坊。
先天元年登帝座，玄宗旧宅着新装。
横断隔墙分两半，北殿巍峨南宫祥。
长兴大同务本勤，龙池荷淡菱角芳。
爱妃玉环长时居，改元科举礼典忙。
第一名楼花萼辉，牡丹红紫在沉香。
楼阁耸峙景醉客，花木扶疏色忘乡。

2015年11月

湘子庙街

全真清观宋元盛，八仙名门出家行。
青烟哭诉战乱祸，重筑喜看传统风。
山门香泉灵光殿，修身养性湘子洞。
会馆见证散和聚，仙乡勘破衰与盛。

2015年11月

书院街

南门老屋久，古韵木牌楼。
物博藏国宝，坛高育王侯。
从吾讲儒道，联镳汪可受。
刺讽朝政弊，砭针权贵谋。
风霜雨雪劲，酒肆茶房旧。
市尘喧嚣远，钟鼎彝器凑。
石青砌板路，幌繁映客流。

江山万载娇，古槐千年秀。

2015年11月

西安博物院

名胜园林和谐朋，文物古塔悠扬钟。
院标小雁雄浑气，悠远历史盛世雄。
荐福经图高僧留，玲珑秀丽十三层。
迭涩出檐菱角牙，重檐密阁线刻精。
户楣图像天人供，万汇沾恩拱券洞。
山门钟鼓慈氏阁，石人马柱民俗风。
数朝古都帝王像，西周丰镐阿房宫。
宝相庄严石塑刻，三真六草裁云情。
京畿遗珍鎏金首，颗粟大千天地灵。
陶水管道泥条筑，龙纹空心喜相逢。
周秦汉唐稀世珍，影像幻影多互动。
灰橙结合光阴替，变迁延续文明行。

2015年11月

西安植物园

翠华路侧雁塔畔,西北首家植物园。
品珍种稀卅二科,水生草花香木兰。
国色天香牡丹姹,百卉名优陆地观。
假山叠石古藤扶,曲径萦回四季鲜。

2015年11月

昌平香堂文化新村

南眺京城同中轴,北望翠华异云天。
槐荫如盖遮商铺,井水似蜜汩清泉。
古朴典雅书画院,雕梁画栋太极馆。
依山傍湖香烟近,圣恩禅寺佛音远。

2015年12月

乌龙山伯爵（海淀开心麻花剧场）

没房没车没女友，貌丑钱少工作丢。
而立之时意外财，百万富翁由天修。
莫名其妙成歹徒，乌龙山中自赎救。
个个计划均笑喷，句句台词皆入流。
尊重观众逗你乐，冷热白黑全默幽。
警察美女小商贩，冲突尖锐险象牛。
瘪三劫匪银行家，包袱横飞爆笑由。
张弛有度节奏谨，欢欣无限舞台秀。

2015年12月

国家大剧院

会堂西侧长安南，穹顶浮水湖珠明。
树梢悬挂晓日艳，水中一映夕阳红。
长廊水下聚珍品，梦想之地孕生命。

如梦地标隔喧嚣，似幻舞台烁繁星。

2015年12月

霸州玫瑰庄园

黄金圈内霸州北，京津网心田园庄。
热池雾弥养生气，艳蕊粉散玫瑰香。
平地六楼巨石伏，水景喷泉慢乐扬。
溪涧瀑布小桥短，啜茗戏叶浮云长。

2016年1月

涿州古城墙

炎黄二帝车蚩尤，尸骨弃涿罪衍生。
避孽趋吉筑古邑，西门形凹九里城。
节度安史行辕所，尚书于谦京畿封。

天下繁难第一州,斜阳染蒿思古情。

2016年1月

张飞庙

忠义店村桓侯庙,三进单檐抱厦殿。
桃树绕亭含苞秀,古井覆石储肉鲜。
静卧墙隅饮马槽,万古流芳御金匾。
雄赳喝退老曹军,眼睁看定汉江山。

2016年1月

三义宫

涿州楼桑古村落,隋建宫庙念三义。
山门马神正德碑,螭首方座汉白玉。
木雕塑像栩栩生,古柏俊秀参天立。

桃园结拜刘关张，千秋垂青昭正气。

2016年1月

南宫民族温泉养生园

王佐迎宾路，地热博览园。
傣家孔雀茶，哈尼蘑菇仙。
苗山药浴礼，人参藏浆绵。
通幽古亭映，清风聆水潺。

2016年1月

周村古商城

古旱码头金周村，文化历史厚民俗。
丝市银子满大街，展馆庙宇多店铺。
深院染坊见票号，窄巷蓬蒿存古木。

建筑风格迥然异,中西合璧一商埠。

2016年2月

千佛阁古建筑群

西临涿水东对街,南起新路北至河。
关帝三义罗汉堂,弥勒观音千佛阁。
唐创明建清修葺,基石檐飞瓦金色。
普度众生靠释迦,容忍难苦依弥勒。

2016年2月

淄博市博物馆

博山颜文姜祠,综合地志收藏。
蓝色拱形圆顶,朴实凝重端庄。
战国青铜商君,西汉殉马齐王。

春秋霸业源头，古齐历史滥觞。

2016年2月

博山陶瓷博物馆

淄博张店特色馆，展览收藏可动手。
北朝青釉莲花尊，宋代雨点茶末釉。
绞胎彩瓶博山黑，影青执壶定碗秀。
魏晋前后陶向瓷，璀璨明珠灿五洲。

2016年2月

蒲松龄故居

淄博洪山蒲家庄，名士留仙曾起居。
白墙草顶小院清，篷架豆荚门庭寂。
诗文俚曲孜不倦，旁骛斜驰勤耕笔。

烁雨苔花秋风劲,明月照山聊斋异。

2016年2月

聊斋城

主题园景讲故事,石隐狐园聊斋城。
柳泉青石掬水溢,满井神碑摸福情。
毕氏花园赏雪趣,俚语茶座听古风。
碧水青岭蓝亭瞰,泥塑彩灯妖鬼生。

2016年2月

管仲纪念馆

南依牛山北淄河,中轴对称仿汉风。
青瓦黄墙红阙门,立柱覆斗翅鲲鹏。
思想巨子管夷吾,天下一相辉煌生。

富国强兵佐小白，九合诸侯业丰功。

2016年2月

太公湖国家水利风景区

淄河牛山马莲台，岛屿桥梁溢流堰。
塔松弄雪映斜日，碧波戏风照蓝天。
临水扶剑太公望，登亭奉爵访能贤。
张模撑伞四民游，鲁中景观休闲园。

2016年2月

齐国历史博物馆

张皇齐都交叉口，形似古堡城异形。
模型雕塑沙盘画，灯箱音响光电影。
姜田治国八百载，政经文艺科军情。

木柱嵌角成馆标,齐琼元府藏见证。

2016年2月

临淄中国古车博物馆

后李官庄殉马坑,配饰精巧傲四方。
商代曲衡横空出,西周增辕服成双。
春秋战车规模宏,始皇铜驾金碧煌。
万乘一览集九州,运载千秋荟华乡。

2016年2月

青州博物馆

重檐歇山四围合,回廊相连金琉璃。
内外孤本状元卷,青府秉忠明万历。
东汉玉璧宜子孙,龙兴石刻贴崖壁。

简史瓷玉画碑碣,古州风采耀鲁地。

2016年2月

青州范公亭公园

皇祐四年范公逝,醴泉改井祠修亭。
青州西门小盆地,仲淹清照林园成。
绿树荫绕南阳水,洋溪湖映永济影。
三贤祠内唐楸翠,感念后乐恤民情。

2016年2月

青州古城

东夷文化源发地,北辛龙山大汶口。
偶园奇石衡王府,昭德阜财魁星楼。
尚书科第牌坊密,丝路陆源商贸稠。

负水之饶山河固，海岱重镇唯青州。

2016年2月

东营黄河口生态旅游区

翅碱黄须朝霞毯，丹鹤白鹳鸟天堂。
柽柳三春苍干簇，刺槐一绽五月香。
栈道抚芦嗅风雨，滩涂捉蟹弄潮浆。
二水交汇蓝黄分，年造万亩海田沧。

2016年2月

徒骇河湿地公园

大禹疏河九徒骇，千年潮汐黄金道。
咸水水域天湿地，滩涂芦苇果香飘。
以尾导决龙泽瑞，沾化渔鼓铜人笑。

生态风景民俗事，休闲健身史风貌。

2016年2月

黄骅海盐博物馆

华夏盐踪起夙沙，砚板滩池渐变来。
尊享厚利雄九州，长芦万灶皆煮海。
黄帝为之战蚩尤，管仲佐齐促专卖。
种类繁多妙用奇，天工开物展风采。

2016年2月

敦化渤海广场

渤海五京大唐番，千载古都百年县。
粟末靺鞨大祚荣，震国雄锯东牟山。
上卿崔忻涉万险，册封骁卫督忽汗。

敖东古城鄂多哩，敦风化俗鼎延边。

2016年3月

敦化六鼎山风景区

群峰起伏拱佛像，丹江曲弯绕尼场。
六鼎正觉释迦坐，四季分明弥萃香。
春芳如烟夏花锦，秋枫红柞冬雪亮。
访古探幽渤海墓，纵情山水佛事忙。

2016年3月

辽河碑林

陶文甲骨金石帛，上下五千畅辽阔。
道昭羲献魏晋韵，真卿苏黄唐宋格。
六柱牌楼恢宏立，以碑点园益相得。

书法雕刻存大观,传承品赏在北国。

2016年3月

大洼田庄台

大河右岸田庄台,长城蜿蜒烽火来。
万千大炮十数尊,镇控辽湾扼渤海。
商贾辐辏帆樯立,市井店铺栉比开。
东粮柴草肉鱼禽,西铁衣帽牲口菜。
永裕义顺双兴合,八号蜚声关内外。
周氏面片王切糕,百年名吃味不衰。
军士卧冢怼东倭,清将按剑望鱼白。
甲午末战烟仍袅,马关条约耻萦怀。

2016年3月

柏乡汉牡丹园

刘秀伏丛避王莽，二仙腾云奉花香。
碧湖栖凤雅岸柳，曲径息龙幽长廊。
雪白火红黄如金，争奇斗艳芍药芳。
异地不活灵气浓，吉祥富贵牡丹当。

2016年4月

邢台清风楼

唐时初筑战火休，明人重建衙门口。
四牖洞辟八面风，朱栏楹柱玲珑透。
春夏秋冬诗画刻，苍劲秀雅清风楼。
登临远眺市肆栉，远山青黛太行幽。

2016年4月

邢台历史文化公园

北至探花街,东临邢州路。
残垣东南隅,曾存顺德府。
楼橹崇雉堞,敌台鳞警铺。
帝尧封禅址,祖乙徙商都。
襄子采邑国,沙丘密谋处。
巨鹿销烟息,刘秀东汉出。
张角黄巾飘,义和红旗怒。
京南第一城,卧牛天堑固。

2016年4月

岐山湖景区

千顷碧水汪塬上,宝蓝明镜嵌太行。
壁立岐山垒飞峰,匹练瀑布腾烟茫。
白玉观音立云天,蜿蜒长廊映湖光。

寄柳听荷烟雨蒙，玉带邀月春花香。

2016年4月

崆山天台山

天眼仙岩卧佛遥，溪谷瀑布慈云飘。
春焰遍燃杜鹃红，夏翠满缀山丹俏。
秋香漫散野花清，冬苍弥挂松柏娇。
极顶举目九县尽，田园如画炊烟袅。

2016年4月

崆山白云洞

太行东麓冀西南，喀斯熔岩博物馆。
人间山水和平景，天堂帘幕富丽观。
地府怪石森怖林，龙宫密潭晶莹串。

冬热夏凉四季温,中寒武纪五亿年。

2016年4月

南开中学

严氏家塾范孙建,南开学堂伯苓办。
内迁重庆津渝合,租界耀华特别班。
校徽八角青莲紫,菊花凌霜静庄严。
面净发理衣纽整,美哉大仁文质兼。
培英育才谋进步,开愚强弱驱贫散。
爱群敬国勤奋斗,诺公允能日月天。
渤海滨畔白河津,汲骙异新途无限。
栋梁辈出功盖世,京畿殿堂弘百年。

2016年4月

天津鼓楼

砖砌方台宽不同,卫城核心锁西东。
观音大士伴后圣,关羽岳飞卫铁钟。
双螭交尾昂首吼,晨昏启闭两度醒。
玉栏飞檐画雕梁,碧瓦丹楹津门胜。

2016年4月

平谷小金山

朱棣巡游赐宫村,巨龙绕庄隐仙人。
天剑横批身首异,红黄白痕丈二深。
漫山粉面竟霞蔚,遍海桃花赛红云。
小径徜徉芳香浓,高亭俯瞰四野新。

2016年4月

法门寺

青铜之乡陕宝鸡,真身宝塔炎帝里。
东汉桓灵阿育王,成实道场关庙起。
高祖更名法门寺,浮屠佛指骨舍利。
隐匿千年重见日,世界第九大奇迹。

2016年4月

马嵬驿民俗文化村

东晋筑城名马嵬,盛唐西行第一驿。
亭台楼阁石雕碑,民俗作坊小吃集。
绿树成荫闻花香,瀑布山石听鸟语。
黄山宫畔观汉垣,登楼凭栏忆贵妃。

2016年4月

杨贵妃墓（一）

马嵬青冢诗碑彩，独特魅力名四海。
依山而建拾阶上，封土溢香人怜爱。
白玉雕像耸于中，含情脉脉侧首睐。
清静幽雅漫游园，望都高亭生感慨。

2016年4月

杨贵妃墓（二）

马嵬青冢蓝砖盖，封土溢香人怜爱。
白玉雕像耸于中，含情脉脉侧首睐。
艳丽壁画一传奇，飘逸诗碑万世彩。
漫步游园幽雅净，高亭望都生感慨。

2016年4月

西安碑林

唐都务本坊，北宋吕大忠。
泮桥学无止，天子庠辟雍。
为免传抄谬，首藏十三经。
集字圣教序，羲之秀劲风。
篆隶楷行草，帖刻中外名。
名家诗文迹，唐宋至明清。
曹全精气敛，整秀飘逸风。
龙翔鹤欲飞，睿旦景云钟。
典宝集结起，书珍荟萃兴。
城府东南隅，碑林气如虹。

2016年4月

西安大兴善寺

始于晋武帝，开皇称大兴。
灵藏开山师，杨坚布衣朋。

隋唐帝王寺，佛教祖密宗。

印僧金刚智，驻锡译典经。

崇为京师最，制与太庙同。

道场息灾法，戒坛灌顶风。

老树栖白鹤，小园息苔径。

烟笼清池水，雾隐千年松。

2016年4月

星明湖度假村

絮白翘黄槐花艳，柳翠藤紫竹叶鲜。

塘边石桥观鸭鹅，湖畔小亭望蓝天。

青杏绒露含羞影，樱桃色闪诱人颜。

远离喧嚣乃净土，野趣盎然是田园。

2016年4月

荣国府宁荣街

外内仪门游廊画,五进四合古邸雅。
荣禧东花宫式萃,内宅怡园苏绘华。
钟鸣鼎食弥胄气,诗书翰墨幻烟霞。
金门玉户神仙府,桂殿兰宫妃子家。

2016年6月

赵云庙

四义五虎君王明,真定古庙气势宏。
鱼贯中轴规格阔,左右翼辅布局雄。
碑庭刻石缀肃穆,花草树木点隆兴。
长坂七进救幼主,常山名将赵子龙。

2016年6月

正定隆兴寺

正定东门老村边,后燕慕容别墅苑。
开皇六年龙藏寺,敕铸铜佛大悲殿。
千眼观音执日月,慈氏菩萨笑大千。
琉璃照壁迎近宾,三层戒坛接远仙。

2016年6月

正定天宁寺凌霄塔

巍峨木塔峭,插云称凌霄。
寺院规模宏,大殿砖瓦老。
拱檐轻盈秀,鼓钟香烟绕。
独伫历沧桑,岿然仍旧貌。

2016年6月

河北博物院

阳原泥河马圈沟,台西先民筑土屋。
战国雄风古中山,器格独特游牧族。
慷慨悲歌燕赵事,金戈铁马礼乐都。
通体鎏金婢跣足,长信宫灯窦绾主。
中山靖王金缕衣,大汉绝唱满城墓。
神兽出没香烟袅,镂空错金博山炉。
北朝壁画绘高洋,升仙仪仗队列护。
曲阳石雕说法像,五代彩绘散乐浮。

2016年6月

赵州桥

单孔敞肩四小券,初月长虹饮水涧。
柴王车印果老痕,千年安济一方天。

2016年6月

赵县陀罗尼经幢

八棱七级挺拔座,高峻瑰秀驮缚若。
坐莲菩萨倚仙山,八角亭顶桃形火。
密宗信徒诵咒语,解除夙孽得极乐。
璎珞垂幔佛故事,陀罗尼经伫北国。

2016年6月

盘县会址九间楼

民国武营道彬修,单檐歇山挺拔秀。
楼栏直棂双步廊,盘县会址九间楼。
二六军团进古城,开仓济贫土豪走。
百姓入伍为革命,北上抗日战从头。

2016年6月

盘州老城门

金彩盘州依山兴,青石墙体拱门洞。
窄巷老宅酒香冽,鼓楼旧屋书味浓。
牛肉米线炸糯粑,马家豆豉火腿饼。
登临俯视檐展翅,凭栏眺远思古风。

2016年6月

盘县张道藩故居

北门拾阶曲径幽,坐南朝北三进楼。
过厅正堂厢客房,檐窗花雕刻工秀。
鸿案偕春朴初题,齐眉合德介石手。
影剧字画文章著,布雷笔杆道藩口。

2016年6月

灵山风景区

草丰褥绿佳木茏,林茂径曲高甸清。
牦牛静默逐细雨,百花烂漫赶山风。
野旷天低马铃曳,晚亭游目闻佛声。
谷底映出一弯月,峰顶飘来满天星。

2016年7月

斋堂马栏村

明代圈放马匹地,太行余脉古山村。
庙桥星罗大树密,碾井棋布小花新。
龙王观音禅林殿,曾驻冀热挺进军。
闪闪红星俟远客,万年老冰候知音。

2016年7月

珍珠湖风景区

山陡峰叠壁严森,水清湖蓝映白云。
大坝威武卧峡江,串珠璀璨藏岭群。
崖布青苔群芳艳,岛满绿树杏花村。
拱桥飞跨望铁虹,弯舟横泛照闲心。

2016年7月

长治市长子县

冀州黎国仰上党,毗邻沁水望太行。
西燕古都千年县,丹朱封地精卫乡。
发鸠叠翠巍然峙,丘陵低缓绿田方。
少寒欠暑温半润,岚丹雍陶清浊漳。
翠云名刹法兴寺,舍利燃灯园觉像。
木化石群二叠系,种新存全多数量。
鼻祖炎帝神农氏,嘉禾教穑五谷香。

铜器青椒多维蛋,厚雄天下世无双。

2016年10月

武乡八路军文化园

东临马牧河,背靠凤凰山。
实景反"扫荡",虚实结合演。
着装荷枪走,午餐小米饭。
百团英雄曲,绕梁在民间。

2016年10月

承德兴隆

殷商孤竹燕侯域,春秋无终渔阳郡。
后龙风水马兰峪,雾灵歪桃植被新。
湖泊密林六里坪,碧波荡漾景宜人。

峰峭坡陡青松岭，钱广鞭马音犹存。

2016年11月

华清池

骊山北麓渭流南，离宫汤池称别苑。
砌石起宇筑罗城，大兴土木为温泉。
九龙芙蓉美二湖，飞霜昭阳艳梨园。
松柏青翠碧波粼，廊庑逶迤龙桥贯。
西观晚照关中景，东望霞光皇家殿。
海棠莲花太子液，五间兵谏林壑天。
羽衣霓裳舞长恨，玄宗贵妃续情缘。
山胜水名显奇葩，气宏势恢蔚壮观。

2016年11月

兵马俑

周王明德始保民,献公英明终人殉。
春秋葬俗百十俑,秦皇守陵万千军。
士吏冠铠迥然异,步骑戈矛各区分。
立勇跪射弓弩劲,武将御手车马神。
宫廷作坊制陶匠,物勒工名留彩痕。
浑厚洗练瑰宝魅,第八奇迹赞古今。

2016年11月

宝坻石经幢

空湛蓝如洗,云淡白似絮。
幢石顶披金,声脆春风里。
级七驮缚若,宗密千佛聚。
字六念真言,佑民伫宝坻。

2017年4月

唐山运河唐人街不夜城

北方秦淮景，运河唐人街。
一池惠丰湖，二桥飞虹彩。
三山绕碧水，四场杂耍排。
五灯映垂柳，六阁照楼台。
七津放画舫，八坊佑永泰。
九龙青花鼎，呈祥大同来。

2017年4月

唐山南湖公园

都市求涅槃，低碳时尚园。
沉降出墨玉，来仪捧花仙。
立体飞虹桥，朝阳翔纸鸢。
渤海凤凰城，烟波胜江南。

2017年4月

唐山大地震影视基地

街口门楣塑红旗，方家大院贴标语。
七〇年代老街景，商店影院邮电局。
评剧皮影大鼓书，冀东三花传统艺。
永盛茶园满庭芳，穿古越今文化旅。

2017年4月

乐亭文园

晨曦莺燕啁啾啭，夕阳碧波浮金现。
泥土芳醇柔柳绿，栈桥九曲荷香淡。
三弦梨板鼓声脆，字正韵足腔味圆。
皮影舞动评戏起，冀东文花葆永鲜。

2017年4月

乐亭县博物馆

冀州孤竹辽西郡，曹魏东征建乐安。
黑红白绿画皮影，娓娓呔音绕古滦。
三弦梨花清平歌，唱而兼说腔音圆。
土沃俗朴遗蕴厚，出将著说生铁肩。
文山雅水杰灵久，闲适自然一桃源。
铭记先人辉煌事，启迪后辈文武全。

2017年4月

武清佛罗伦萨小镇

四方广场圣马可，翘尖木舟刚朵拉。
弧形高墙斗兽场，银珠喷泉伴乐下。
卧波彩虹叹息桥，亲水幽径野芳发。
城堡雕塑异域风，意国小镇佛伦萨。

2017年4月

房山堂上民俗村

进京门户霞云岭,龙卧三堂凤扑厅。
百花主峰草畔腰,大石源头山峦重。
春山灿灿夏淌溪,秋果累累冬挂冰。
赞歌词曲诞生地,红旗依山迎新风。

2017年4月

北普陀影视城

京城南去廿里远,三代帝王行宫殿。
下马放泊晾鹰台,海子四时汪若天。
金碧辉煌普陀寺,翠波摇曳罗汉山。
池水静凉鱼空游,杨柳扶风鹤翩跹。
三园竞雅松竹梅,曲径达儒红楼苑。
蒙古茶包天桥戏,花会舞狮跑旱船。
屋宇街道明清调,亭榭游廊民国范。

夕阳映波满眼金，忘返迷情独凭栏。

2017年4月

田横岛

海山之畔云天苍，小岛三村夏风爽。
高祖遣使诏田横，赴洛途中刎颈亡。
五百壮士闻噩耗，挥刃殉节跪西方。
千古义举豪气在，群雕雄视齐鲁疆。

2017年5月

即墨县衙

迁城立衙开皇年，历经沧桑群古建。
正堂诉讼审讯场，霹生蹙眉斗妇顽。
二厦四时春甘雨，鸣琴议事求致远。
三屋老衙元明清，道符威镇蛤蟆湾。

高耸入云盘虬柏，六百寿龄仍参天。
凉风轻袭海味郁，睹物思昨独凭栏。

2017年5月

即墨博物馆

战国刀币珊瑚莲，文物善本书画全。
诸国侯印龟纽章，清玉双鸭翠色浅。
春秋双夔虬龙璜，汉雕舞女长袖宽。
青岛风物胜迹粹，即墨古县文史璨。

2017年5月

怀柔圣泉山

燕山之麓佛胜境，树翠水绵峰峦盛。
唐寺沧桑圣泉冽，老槐古朴香炉清。
戍边幽州樊梨花，兴风唤雨九青龙。

高岭百转五岳势,摩顶眺北卧听松。

2017年6月

张裕爱斐堡国际酒庄

乡绅田园风,小镇欧式情。
哥特依山建,如茵清气浓。
博物杂货铺,红酒咖啡厅。
酒窖爱斐堡,醴泉羡众生。

2017年7月

呼和浩特大召寺

蒙古大庙汉无量,土尔扈特顺义王。
夫人三娘主归化,青城前身源流长。
木雕巨龙戏宝珠,空心铁狮雄首昂。

九边一泉水清洌，彩塑唐卡傲北疆。

2017年7月

呼和浩特塞上老街

明清遗韵古风鲜，青城旧影一巷全。
蓝墙黑顶木格窗，酒幌招牌映云天。
小吃剃头杂货铺，古玩民俗土特产。
初明华灯靓八塔，塞上老街展秀颜。

2017年7月

辉腾锡勒草原

辉腾锡勒寒山梁，碧绿草海湖泊亮。
天苍野茫阳光灿，山清水秀百花香。
天然洞府怪石耸，坡头敖包彩旗扬。

挥鞭跃马黄滩地,斜日照影久徜徉。

2017年7月

大同老城

北魏古都尽沧桑,大明鼓楼稳中央。
东街小吃清凉粉,西街老寺吕纯阳。
朱桂王府九龙壁,体态雄健富丽皇。
城垣浑厚双瓮门,京畿屏藩锁朔方。

2017年8月

大同法华寺

覆钵琉璃喇嘛塔,内存真经名法华。
高低错落左右称,塑像灵动色彩佳。
大雄宝殿三身佛,庄严慈善温婉雅。

民族融合异域风,天心地轴梵音发。

2017年8月

云冈石窟

平城武周山北坡,绵延千米石洞多。
造像数万北魏凿,昙曜五窟开先河。
技艺精湛双面雕,气势宏伟露天佛。
灵严诵经声扬悠,斜阳映湖泛金波。

2017年8月

乌兰察布博物馆

帝国腹里地,塞外亲手足。
西汉虎鹰牌,宋辽瓜棱壶。
北魏步摇冠,蒙元砚蟾蜍。

文明小星火，牧耕大熔炉。

2017年8月

二连浩特国门景区

扎门乌德收眼底，民居木楼蒙古包。
双号界碑风格肃，镀金国徽气势骄。
驿道雕塑冲天际，千年诗萃干云霄。
雄鸡脖颈北门梢，中蒙边境大陆桥。

2017年8月

二连浩特天鹅湖湿地公园

孟秋湿地芦苇青，国门近伫天鹅行。
湖波荡漾候鸟憩，游弋耍水亮风景。

2017年8月

二连浩特国家地质公园

额仁诺尔盐池畔,白垩恐龙故家园。

矿物晶体硅化木,亿兆万年沧桑变。

驼队蜿蜒勒勒车,泥墙草顶古驿站。

夏荻葱郁掩古迹,向日葵花映蓝天。

2017年8月

格根塔拉草原旅游区

陵伏丘起水清草绿,羊肥马壮霞红云聚。

地袤天瀚杜尔伯特,牛隐驼现花香鸟语。

辽阔明亮格根塔拉,敖包祭祀万民求祈。

夜幕繁星篝火歌舞,心驰六合神游八极。

2017年8月

四子王旗

匈奴拓跋突厥乡,古来易贸山南望。
犀牛化石清真寺,乌兰察布四子王。
呼和查干两大湖,逐水趋草人畜忙。
杜尔伯特雕像伫,思亲念祖盼辉煌。

2017年8月

武川

阴山北麓狭长凹,鬼方林胡楼烦闹。
食肉饮酪猃狁人,穹庐为舍逐水草。
八流六泊归黑河,蜈蚣呼武出白道。
肉羊莜麦马铃薯,名扬四海汇三宝。

2017年8月

和硕恪靖公主府

豆蔻年华封和硕,既娴内治宜殊荣。
居心柔嘉德无违,久为人妇称恪靖。
恭俭柔顺政绩斐,金册固伦兄雍正。
海蚌静宜四公主,善敦娴礼留美名。

2017年8月

绥远城将军衙署

归化右卫绥远城,大吏衙署一品封。
三进宅第东花园,马号更房卫戍兵。
柳营试马虎帐谋,抚管伊乌统军政。
屏藩朔漠两百载,稳边和民有丰功。

2017年8月

昭君博物院

元帝待诏秭归嫱,请嫁匈奴和番邦。
琵琶弹得风雪止,冰雪消融万物芳。
黑河南岸四时绿,铁垒青冢汉人夯。
大帐和亲宫犹在,草原明珠璨北方。

2017年8月

神泉生态旅游区

呼鄂包头金三角,沙漠粗犷黄河绕。
淡雅朴素园中园,清澈甘甜神泉冒。
高亭品茗戏珍禽,翠湖荡舟捞荇草。
诗酒风流石瘦皱,落日浮金景壮娇。

2017年8月

赵武灵王墓

强敌环伺内有鲠,交韩助秦广结盟。
拜叔易装行尚武,胡服骑射强国兵。
拓疆开土灭中山,立幼生仇饿沙宫。
高祖筑城设灵丘,青碑绿木念英名。

2017年8月

赵武灵王主题公园

塌涧小东夹园淌,骑射将台拥塔旁。
星光和合说风土,北南两山映斜阳。

2017年8月

平型关大捷纪念馆

紫荆之西雁门东,灵丘白崖乔沟中。
五台南矗似藩篱,恒山北峙如画屏。
伏击血战板垣师,歼敌千余初战赢。
打破"神话"励军民,铜像远望听杀声。

2017年8月

喀喇沁亲王府

苍松掩映幽雅院,古柏佑护辉煌殿。
五进大堂写中轴,东西厢房画翅鸢。
书塾方亭揖让厅,亭榭回廊花木山。
善智仁德中原屏,漠南塞北大邦藩。

2017年10月

赤峰红山公园

红山南麓月牙汪,微波荡漾荷花香。
赏月姊妹双桥弯,茅亭小径九曲长。
五盘花木葱茏热,一岛垂柳绿荫凉。
流连碧草望赤峰,踯躅白桦看斜阳。

2017年10月

贞丰丰茂广场

牌坊雕塑图腾柱,喷泉水幕人工湖。
绿荫小径欢声紧,城市客厅笑语出。
忠贞已久廊架密,丰茂方长栈桥疏。
承传永州民族色,启合黔地巨匠物。

2017年10月

贞丰三岔河

头猫坡乍纳摩交,岸曲水湾枫影倒。
静雅奇秀三岔湖,千姿百态竹林堡。
群峦环绕田园风,双岛屹立喀斯貌。
木叶月琴山歌声,宁静小寨布衣俏。

2017年10月

纳孔布依古寨

红橘披金老寨藏,青萝着翠风火墙。
翘檐上飞三滴水,秀峦远伫四围邦。
布依古屋朝门式,堂前细水绕村淌。
田产丰收意纳孔,同治千总罗国昌。

2017年10月

贞丰古城

布依老城称珉谷,黑白相间沧桑屋。
窄巷如画明清街,华灯似火流彩珠。
文庙书院两湖馆,阁楼长坝元帅府。
闲情漫步穿时空,乡愁一片在商埠。

2017年10月

北京展览馆砥砺奋进的五年成就展

改革发展外交内政,经济腾飞文化繁盛。
生态建设前沿科技,蛟龙天眼北斗复兴。
根云指数经济冷热,智能宝物数字故宫。
魔镜实验教育奠基,砥砺奋进匠心筑梦。

2017年11月

阳朔

荆州零陵羊角山,丘青水冽走东南。
歌乐斋醮遍戏台,社日桂剧宝瑞班。
漓江印象刘三姐,碧莲聚龙蝴蝶泉。
图腾古道十里画,花楼杨堤世外源。

2017年11月

阳朔兴坪渔村

青砖黛瓦马头墙,飞檐画栋雕花窗。
比鳞次栉桂北居,四百余岁历沧桑。
七峰木郁观草萃,仙姑下凡享风光。
天水雄险二泉澈,老村雅致鳜鱼香。

2017年11月

阳朔龙潭村

飞龙走凤高层檐,荷塘奇观犀牛泉。
清澈见底金宝河,碧池流波龙头潭。
丹堡深邃双朝门,中寨敦厚高墙院。
闲悠曲长青石巷,细雨润叶思前贤。

2017年11月

阳朔漓江印象刘三姐

十二丘峰穹隆阔,山水实景响壮歌。
水镜倒影蒙烟雨,月光竹林缀渔火。
梦幻诗意终不忘,红绿蓝金银五色。
漓江印象刘三姐,桂林阳朔风情多。

2017年11月

靖江王城

孤峰突起势陡峭，南天一柱气峻高。
晨曦辉映着金衣，晚霞夕照披紫袍。
太平岩洞有通宝，甲子太岁线刻肖。
靖江王府多灵物，独秀龙爪扪碧霄。

2017年11月

芦笛岩

桃花江畔光明现，芦荻悦耳钟乳掩。
狮岭朝霞壮丽景，母护幼耍尽情欢。
水晶宫殿龙王府，天阔地坦芭蕾艳。
高峡飞瀑石幔厚，曲径画廊有洞天。
塔松傲雪质高洁，幽境听笛品自然。
龟相宅第珠夜明，送客严父首尾全。
奇麓多姿玲珑透，笋乳柱花琳琅繁。

异踪探索忘西东,国宾奇洞傲北南。

2017年11月

刘三姐大观园

桃花水畔狮子岩,西甲山拥壮歌仙。
古榕散枝迎远客,铜鼓图腾绘金蟾。
阿牛茅屋地架空,莫府大宅椒叼环。
梦幻歌圩踩月径,奇风特俗众民欢。

2017年11月

七星景区

神仙洞府七星岩,花桥虹影月常圆。
挺矗摩天芙蓉细,桃竹满溪雨廊宽。
破壁而飞蛟龙腾,桂海碑林珍品全。

月牙普陀合北斗,洞奇石美山水鲜。

2017年12月

象山景区

伏波叠彩象鼻山,垂饮漓江几多年。
三花酒窖香气郁,九转镇妖天帝颁。
感恩治水留桂土,神望江月鲤破天。
罗带飘洒佩碧玉,桂花满地情久远。

2017年12月

徐水中华孙氏文化园

流瀑水塘若天成,天圆地方仿汉风。
中山思邈权武膑,总理药王帝兵圣。
炎黄祭祀圣贤湖,书画家谱碑林丛。

景秀境雅根寻处，弘扬祖德蕴孙情。

2018年1月

刘伶醉景区

传统五甑泥池窖，缓火文蒸精酿造。
沉睡百年古遗址，历经沧桑地下窑。
气势恢宏万坛林，古朴典雅润泉烧。
回溯金元八百载，老酒圈场星闪耀。

2018年1月

蜀山徽园

合肥蜀山西南郊，二流江淮起拱桥。
黄山秀色巢湖帆，祇园风韵运兵道。
阜阳三子天堂寨，蚌埠七珠亳州芍。
应物咏涧琅琊醉，李白吟月佛光照。

淮南八公风声唉，安庆七仙汉白雕。
铜陵女孩白鳍跃，池州牧童杏花飘。
宣城敬亭太极幽，金屋万花蜂蝶闹。
谐风浩瀚品位雅，皖韵和鸣景观妙。

2018年4月

渡江战役纪念馆

巢湖之滨乘风舰，渡江战役纪念馆。
红星高塔八一雄，前委群像五人健。
胜利之师出幻影，八百将士忆当年。
乌篷画舫泛湿地，游湖览城望鸟翩。

2018年4月

安徽名人馆

远古秦汉元明清，八百名人特色浓。

文明曙光有巢氏，智慧先知良范增。
文化繁荣朱熹萃，巩固金瓯朱兴宗。
学术林立老街秀，变革探索鸿章擎。
烽火前行陈胡陶，艺苑奇葩程长庚。
文治武功曹孟德，执法如山数包拯。
台湾巡抚刘铭传，纶巾周瑜儒将风。
抗倭名将戚继光，道家鼻祖老庄行。
红顶商人胡雪岩，活字印刷有毕昇。
涂山寿春皖古国，物华天宝地人灵。

2018年4月

孙膑旅游城

林荫夹道圆融湖，花卉盆景放生处。
四柱牌坊镏金匾，两墙浮雕鄄城俗。
青石战神迎门立，九宫八卦迷阵布。
唐槐叶庇义士井，弥佛耳佑西方土。

2018年4月

水浒好汉城

雕梁画栋钩心角,赏心悦目狗娃刀。
晁庄托塔地主园,马厩粮仓通暗道。
郓城县衙穿时空,二娘客栈度良宵。
浮想联翩水浒事,情景表演流连瞧。

2018年4月

曹州牡丹园

铁藜大春军门栽,赵氏桑篱明花开。
碧桃夏莲秋菊繁,蜡梅玫瑰月季嗨。
红艳紫绝千片霞,冠世墨玉二乔白。
接踵摩肩人如潮,斗妍争奇花似海。

2018年4月

定陶左山寺

兴华禅院东汉建,唐宋兴盛明代繁。
寺门戏台钟鼓楼,龙王祖师天王殿。
罗汉神像今世雕,宝乘舍利前佛捐。
燃灯释迦起大乘,赵州从谂出左山。

2018年4月

胜芳古镇

白洋东淀湖水阔,冀中水乡有渔歌。
樯林铺立商贾云,九流下梢巷穿河。
烟波浩渺藏鱼虾,芦稻相映衬菱荷。
元宵幡旗茶挑鼓,冰灯大会琉璃佛。
观奇驻足王家院,闻香停车北烧锅。
真诚守信与时进,经世致用仁厚多。

2018年4月

平谷挂甲峪山庄

燕山南麓三坡绿,京东平谷新村起。
宋将延昭伐辽兵,凯旋途中挂甲憩。
温泉清流绕木屋,环峰连绵成龙椅。
人间仙境桃花源,云蒸雾腾名胜地。

2018年5月

临汾鼓楼

平阳大中北魏启,依云逼日矗街衢。
东临雷霍眺旭日,西控河汾搭云梯。
南通秦蜀蛟龙盘,北达幽并斑虎踞。
二层三檐四滴水,十字歇山明殿宇。
高屋低巷姹紫嫣,远山近水叠翠碧。
花果城中锦绣涌,麦棉乡里金银溢。
太行形胜云天恕,望于姑射斗牛气。

襟山带河紫气盛，乾坤楼阁九州誉。

2018年7月

洪洞监狱

墙厚院深瓦窟洞，窗狭门矮铁木横。
兵刑工户师爷房，洗衣石槽苏三井。
贪赃枉法冤屈复，落难逢夫玉堂兴。
虎牢羁红众人怨，一曲起解数世听。

2018年7月

汾河公园

汾水古韵磐石岛，尧天舜日祥云桥。
桃李杏花一家春，萱楼亭榭五层翘。
中流画舫泛船行，平阳彩虹踏浪漂。

端午龙舟千帆竞，绿色和谐万民傲。

2018年7月

临汾大云寺

大云金顶琉璃塔，唐代铁佛头硕大。
凉王宫殿宏藏寺，东晋天锡造宝刹。
铜钟金黄彩仙舞，声闻千里省人发。
献亭僧舍诵古韵，苍松翠柏吟新华。

2018年7月

临汾华门

三帝矗立尧舜禹，文明曙光门半启。
黄河水瀑文明源，连环九鼎长联巨。
铜铸盘龙左右腾，石雕车轮前后继。
祖圣教神乾坤在，哲史文科经典齐。

先贤大师惠黎民,盛世君王平藩夷。
有巢构木居屋内,荼垒驱邪守门里。
多音方钟散异声,八卦愿珠聚灵气。
俯瞰中国风物尽,仰望天宇心神怡。

2018年7月

临汾尧庙

黄帝世孙放勋陶,唯天为大唯侧尧。
功德浩荡民莫名,平阳城郭筑古庙。
陶狮风走五凤美,玲珑通海老井俏。
柏抱槐楸奇趣盎,龙凤中轴脉甬道。
广运国是共商地,狮子麒麟托举朝。
宫龛姑射鹿仙女,花烛洞房首携老。

2018年7月

临汾仙洞沟

棋盘灿然深洞幽,鹿沟貌奇景色秀。
大雄卧凹顶巨石,龙赐钦藏经卷厚。
暖春花艳夏潦去,暮秋叶红冬瀑留。
紫气缭绕姑射山,平阳胜景冠九州。

2018年7月

汤河口花海

绿木掩水白河畔,红朵映日百花艳。
格桑蓝蓟波斯菊,京加路边风景线。

2018年8月

喇叭沟门原始森林风景区

乔灌禾茅蕨菌藓，兽鸟虫鱼豹狐獾。
油松苍劲蒙栎鬼，橡树挺拔白桦仙。
河岸石罅一线流，壹善祛疾长寿泉。
乱石裸卧黑石窿，铁塔披翠南猴巅。
春雨扶疏雪冰融，杜鹃花晕山川染。
夏日清凉绿荫盛，乌头草芍金果灿。
秋风飒爽红叶氤，冬雪纷飞素装斓。
原始次生杂林茂，度假休闲世外源。

2018年8月

喇叭沟门满族民俗博物馆

书画艺苑依山建，清代王府庄重范。
二奎耕具蹴球样，满族民俗博物馆。
奉旨落户燕山麓，杨木胭脂鹰手悍。

善良纯朴彭姓客,飘逸雄浑汤河川。

2018年8月

坝上第一草原

御敌重镇上谷郡,鲜卑祖地清凉尊。
辽王太后梳妆楼,历尽千年沧桑印。
肄武绥藩固边防,哨鹿诱兽训三军。
安固里淖滦潮源,繁花遍野天穹亲。
京北大滩海留图,水丰草茂牛羊群。
黄芪柴胡加防风,莜荞山芋味万民。
二道河子情人谷,东沟荒僻古风存。
篝火燃夜歌正欢,繁星耀眼幕更近。

2018年8月

多伦滦源湖

草原榆林白云天,山泉溪流滦河源。
塞外草原出仙境,神工鬼斧造画卷。

2018年8月

多伦湖

烟波浩渺草原翠,水映蓝穹白云追。
七潭相连两心岛,依山环湖草花荟。
携眷扎根正红旗,康熙传旨鲤鲫肥。
大雁天鹅野鸭鸥,余晖染柳红欲醉。

2018年8月

乌兰布统草原

一望无际松涛滚,八字排列毡房群。
白桦红柳乌兰河,十二连营将军坟。
红山马场古战地,晚霞映蓝思英魂。
夜幕似墨星光繁,篝火如泣琴声沉。

2018年8月

玉龙沙湖(一)

玉龙沙湖乌丹北,荒漠红柳紫城醉。
蓝天丽日黑水碧,黄松栈道白驼美。
燃灯古洞光百变,敬德巨石塔镇祟。
风调雨顺五谷登,丰州翁旗六畜肥。

2018年8月

玉龙沙湖（二）

乌云罩荒丘，丹阳隐山后。
红柳数丛绿，欲将黑土留。
白驼浮瀚海，铁驴鸣坡沟。
而今游娱地，则后利翁牛。

2018年8月

玉龙沙湖（三）

天似穹庐覆荒原，亦无落日亦无烟。
唯此一片成异景，但愿来年不扩边。

2018年8月

曹娥庙

上虞曹娥孝女庙,背依凤凰面江潮。
布局严谨雕刻美,楹联壁画古碑妙。
黄绢幼妇孙齑臼,绝妙好辞人称道。
孝思维则双桧亭,人伦之光万世耀。

2018年8月

朱自清旧居

驿亭镇内白马湖,三面环山幽静处。
粉墙黛瓦小杨柳,依山向浜列平屋。
弘一子恺佩弦居,回廊曲院好读书。
天意怜幽人重情,笃学之宅大方出。

2018年8月

上虞博物馆

上虞越瓷商而宋,坛窑众多体系整。
鸳鸯酒注蟠龙罂,青釉靓丽栩如生。
百家墨迹天香楼,行草隶篆各式风。
丰惠蔡峘英台里,情凄爱美传永恒。

2018年8月

肥西三河古镇

丰乐杭埠小南河,清流横贯舟穿梭。
巢湖高洲名鹊渚,淤积成陆接三郭。
水乡老镇荟八古,桥圩街屋茶楼多。
明木清瓦民国扉,海田沧桑恍如昨。

2018年8月

合肥老报馆 1952

青砖红瓦融时尚,酒吧西餐霓虹亮。
科隆巴赫天荒破,春笋趁雨茁壮长。
新茶一杯赏夜色,八方客至老菜香。
原样仍在蜕成蝶,放缓节奏疗繁忙。

2018年8月

古逍遥津

窦家豆叶斗鸭池,淝水津渡吟古诗。
吴魏遗踪旧战场,东西两园三岛峙。
密树浓丛江南韵,方榭圆亭太湖石。
绿坪似毡碧波阔,健身休闲人如织。

2018年8月

雷山木鼓广场

滚滚丹江蜿蜒龙,闪闪霓虹幻如梦。
朗朗民歌芦笙场,曲曲图案鹅卵凝。
翩翩曼舞笑语响,汨汨清流水车动。
习习微风清凉界,翠翠苗岭态原生。

2018年9月

门头沟田庄村

四面环山出平凹,黄褐盐土生荆蒿。
晚清四合檐瓦青,街蜿房蜒水井老。
平西星火燎原处,显芳播种涌浪潮。
村风淳朴人地杰,向善崇德康庄道。

2018年10月

塘沽潮音寺

路通七省九河津,南海双山闻潮音。
永乐昌隆敕建寺,背依要塞祈国运。
五狮捧月伏殿脊,渤海蒙麻悬山门。
农禅学修沾法喜,止水心静自然亲。

2018年10月

坡峰岭

柿核桃杏野酸枣,栌榆栾杨红元宝。
天宫染缸倾橙赤,当空彩练舞红绡。
沟村山店民宿雅,仰石卷土农院闹。
清香抚心近天然,悠闲自如远尘噪。

2018年11月

北京西山国家森林公园

狗吠三区海石门,阴陡阳缓阔叶林。
太行余脉松鹤在,八旗驻地碉楼存。
古柏挺拔幼木碧,清水萦绕秋草金。
拾级近闻鬼笑石,登高远眺中国尊。

2018年11月

观复博物馆

汝钧哥定官窑釉,南青北白瓷器秀。
辽金粗犷豪迈气,明清艺精见风流。
造型洗练结构简,家具华美底蕴厚。
油画雕塑览西长,浓墨重彩展国谋。
能工巧匠集大成,捶揲錾镂喋不休。
门窗约缛丽朴并,功能装饰文化透。
琉璃朝内外金南,展眼推波教育筹。

致虚守静以观复，归根禅定万物耇。

2018年11月

中国现代文学馆

巨石影壁叠峦峰，巴金诗语揾心灵。
红墙蓝瓦敛汉格，别致园林存曲星。
绿意缭绕青铜像，双坡攒尖采光棚。
百花浮雕传世放，手印门把亲民情。
青色瓷瓶千人字，玻璃彩画六匠容。
里程延续无完结，逗号馆徽天然生。
作家文库存众慧，大师风采拟故景。
包容八方文海汇，累积现当学山成！

2018年11月

中卫鼓楼

方基拱洞十字形,藻井穹顶四街通。
爽挹沙山控边夷,对峙香岩扼青铜。
三教合一儒释道,高庙保安度众生。
老酒醪米清香气,古垛彩霓沧桑风。

2018年12月

中卫黄河宫

九曲滔滔腾巨龙,一滴莹莹黄河宫。
民族摇篮气湿润,华夏源头物种丰。
开皇丰安灵武郡,鸣沙应理宁夏经。
生态景观休闲岛,沙魅丝魂泽万生。

2018年12月

国家博物馆改革开放四十年展览

凤阳小岗联产包,国家改革幕布撩。
春天故事深圳牛,个体工商营业照。
奥运首金海峰射,放权公章滨海交。
走南闯北麦客壮,我要读书女孩俏。
柴米油盐合悲欢,返乡知青进高校。
时髦青年蛤蟆镜,风靡城市喇叭扫。
蛟龙深海戏鳖甲,神舟升空游碧霄。
伟大变革四十载,地覆辉煌天翻貌。

2018年12月

朝阳蓝色港湾

朝湖亮马稀有景,团花簇锦异域风。
高街左岸中央场,动感前卫正年轻。
太阳光辉索拉娜,古典时尚闪霓虹。

水泥森林见桃源,娱乐休闲聚骨精。

2018年12月

贺己亥猪年春节

天狗驱寒猪暖春,义犬归仙豕拱门。
紫气东来吉祥满,朱门南启日色新。
五谷丰登六畜旺,惠风和畅事遂心。
戊戌已登百尺楼,己亥再展千重锦。

2019年2月

国子监

北平郡学元大德,南北两雍明永乐。
祭酒司业顺治初,东西六堂严立课。
生元本规化学子,道敏孝行知逆恶。

师徒济济自镞砺,纳粟科名日趋多。

2019年3月

雍和宫

黄瓦红墙伟殿宇,雍乾二皇龙潜地。
传佛轮法宫改庙,汉满蒙藏融一体。
万福弥勒独白檀,铜鼎御碑银安立。
燃灯释迦弥勒佛,九山八海拥须弥。

2019年3月

大兴胡同

金元府都路总管,永乐顺天骈宛平。
鼓楼为界辖东片,洪武之初衙署成。
城隍出巡祈万善,民国廿四迁大红。

糜子面茶原汁味，香饵花梗串大兴。

2019年3月

文丞相祠

勤学明志魁天下，力倡革新安国家。
针砭时弊惠万民，舍身抗元再北伐。
愈挫更奋望帝心，守节斥降赴刀铡。
德功言义存正气，忠孝廉节贯中华。

2019年3月

周口店遗址

京西房山周口店，背依太行面平原。
资源丰富清水河，先民遗址龙骨山。
文中兰坡安特生，盖骨化石撼九天。

峰顶遥想远古景,沧海桑田弹指间。

2019年3月

徐水金浪屿

五亿五年五万米,玉池玉墙玉路地。
冰山冲绳热雨林,汗蒸桑拿土耳其。
花树幻灯仙间境,玫瑰彩泉亲亲鱼。
青石碧水松身心,远尘忘俗不忍离。

2019年3月

宋辽古战道

北连莽野南中原,东望大海西贯山。
瓦桥益津淤口关,六郎帅守十六年。
藏兵议事迷魂洞,翻板掩体出庙龛。

遥思沙场蒿草茂,近赏廊亭杏花繁。

2019年4月

孝义营紫藤花海

春光灿灿紫藤俏,杨柳依依风车笑。
认树收果嘉年华,耕地耘田乐逍遥。
孝心馒头三八席,状元文化青云飘。
龙首牵引村连营,凤羽庇护京畿道。

2019年5月

延津

廪绵弥望刺槐林,黄河故道渡延津。
良田套作满花生,湿地越冬留珍禽。
唐将挂鞭酸枣枯,英王就刃荆芥茵。

书麦酒花四香郁,清幽静雅古风存。

2019年7月

开封铁塔公园

褐色琉璃奇异景,开宝寺塔十三层。
明盲两窗着僧帽,身砌花砖铜珠顶。
光摇潋滟擎天柱,影落碧水映沧溟。
无双王朝兴衰史,盖世铁笔阶数定。

2019年7月

开封府

三汪湖水衬相映,两座府祠秀美景。
欧阳仲淹寇包拯,仁宗衙内曾潜龙。
雄威铜铡龙虎狗,冤鼓戒石公生明。

拱奎桂籍文胜武，如山司狱齐民行。

2019年7月

开封延庆观

全真王喆羽化地，重阳延庆道观起。
八仙醉酒玉皇阁，六十甲子殿廊立。
砖石琉璃无梁木，脊兽龙凤狮马鱼。
比肩双娇藤盘树，汉蒙融合贯中西。

2019年7月

清明上河园

驿站码头古代风，校场虹桥宋时城。
酒楼茶肆典当物，杂耍斗鸡神课命。
大通天泽善通津，铺林舟梭商贾精。

轴画美卷传千古，汴河碧波满目情。

2019年7月

开封博物馆

陶瓷铜玉书雕漆，启拓封疆鸿沟渠。
黄杨木雕上河图，五河穿城水网密。
八朝古都千年京，除方解宵宋时宜。
风破浪继繁华，化尘飞扬叹须臾。

2019年7月

龙门石窟

龙门香山伊河畔，魏隋唐宋四百年。
大小造像十万尊，碑刻题记魏碑范。
宾阳莲花皇甫窟，潜溪摩崖龛敬善。

圆润雍容卢舍那，睿智慈祥照普天。

2019年7月

洛阳白园

古雅秀丽依东山，柏翠水碧隐白园。
丘圆草萋居易墓，太子少傅在兹眠。
饮酒论诗长恨事，煮茶对弈合乐天。
浔阳伊河集人风，低吟浅唱越千年。

2019年7月

白马寺

南宫夜宿梦金人，蔡音秦景迎西神。
祖庭释源兴佛教，白马驮经沐上恩。
天王接引毗卢阁，悉依天竺旧式群。

传世伽蓝第一刹，融合东西贯古今。

2019年7月

小浪底

太行王屋屏障藩，鲦壤禹斧莲花栈。
八里胡同龙凤峡，西接汾渭南崤山。
断壁如削黄涛涌，盘龙走蛇象万千。
防洪控沙大枢纽，山水林草生态园。

2019年7月

辉县郭亮村

俯瞰牧野眺黄河，仰望绝壁红石多。
千峰万壑生天籁，绿树斜阳映碧波。
雾遮云绕万仙隐，瀑悬溪淌炊烟娜。

铮骨拳心锤钎硬，凿洞通衢种厚德。

2019年7月

辉县宝泉

北依太行南眺河，石奇壁峭泉水多。
六大险谷廿四峰，潭头巨瀑水帘薄。
云雾缭绕仙境漾，诸景荟萃幻莫测。
水流千年不枯竭，福禄寿喜财之歌。

2019年7月

红海滩

辽河角洲渤海湾，盘锦大洼蓬草滩。
廊桥月老缘丝舞，洗空白云鹊桥连。
稻田平卧栩如画，巨龙横出水云间。

无垠苇地栖万鸟,渗浸碱盐生奇观。

2019年7月

辽沈战役纪念馆

翠柏苍松掩花岗,青铜振臂提钢枪。
窟窿凿痕炮车碑,朱瑞将军浮雕像。
战史支前英烈馆,全景画面正气扬。
暖民心者得天下,万众合力道运昌。

2019年7月

笔架山

诸峰高低如笔架,道教圣地名天下。
菩提荫蝉鸣声紧,五母三清盘古飒。
潮汐涨落造神路,隐现有时戏蟹虾。

蛟龙蜿蜒难见尾，海空一色风景佳。

2019年7月

多伦汇宗寺

呼和苏默东大仓，川原平衍清泉凉。
康熙会盟内外蒙，声闻届远汇宗场。
敬戒重律倡苦行，格鲁黄教佳名扬。
云白天蓝映墙红，风柔铃脆忘思乡。

2019年8月

多伦湿地公园

鸳鸯木楼斗飞檐，七夕鹊桥九回转。
零星金莲隐蓬蒿，串红灯笼照云天。
歌声舞曲荡古城，朝霞落红映草甸。

亲近湿地惜碧水,远离喧嚣爱自然。

2019年8月

贵阳大十字广场

土墙石替明初建,商贾繁华数百年。
镜如断指骂国贼,日机轰炸成残垣。
环形天桥多商铺,接踵摩肩尽笑颜。
喷水城雕铜像台,记忆符号留心田。

2019年9月

秦皇古驿道

冀晋通衢要道出,水龙繁华清驿铺。
尺余辙印车同轨,立鄙守路白石屋。
韩信死生背水战,庚子长墙抗夷徒。

东门旌旗烈岭寨，西峰残阳映万古。

2019年10月

韩信公园

微水村头馍馍山，和谐高塔瞰三川。
环幽境雅法桐茂，灯明花艳似星璨。
长廊拱桥浅池碧，毽舞秧歌太极拳。
四面烟岚清秋夜，点兵列阵留侯韩。

2019年10月

井陉天长镇

太行八陉晋冀咽，始于汉唐存城垣。
城隍文庙私宅第，明清县衙皆山院。
霍都总兵王蔡庭，陉山踞后河潆前。

藩屏神京雄东北，保障民社控西南。

2019年10月

井陉于家村

青墙灰顶色古香，石券洞窑无柱梁。
长孙有道徙居处，楼阁房院犷豪放。
依高就低顺势建，六街七道十八巷。
雨洗鹅卵腻细滑，水汪池井岁月沧。

2019年10月

井陉吕家村

山高林密绿障屏，人丁兴旺称吕姓。
筑石为窑靠山家，冬暖夏凉奇效功。
绣楼抱厦通暗道，三滴水院递次升。

迎客老槐枝兀嵃,敦厚朴实存古风。

2019年10月

娘子关

绵山亘延流桃河,平阳公主驻苇泽。
城楼关帝古街巷,溶洞深幽湖漾波。
北国江南水乡韵,路石滑圆两车辙。
燕赵古道唐街宅,京畿藩屏卫家国。

2019年10月

一剪梅·定州贡院

乾隆州牧建贡院,道光仲槐,劝民募捐。
号舍魁阁供魁星,演武文昌,甚是壮观。
六丈影壁揭榜处,遒劲古木,双双欢颜。

四角攒尖翼似飞，览胜俯瞰，西望长安。

2019年10月

如梦令·定州开元寺塔

七帝正解开元，钵水方地慧眼。
青绿双龙降，凌顶眺峦蜿蜒。
瞭望，瞭望，华夏一塔中山。

2019年10月

北京植物园

寿安南麓傍玉泉，西营岭裕鲍家边。
花卉果木猪笼草，棕榈菩提金蝶兰。
群芳芍药挽寒梅，粉雪千堆伫牡丹。
石矶临流接绿荫，金菊集秀绚秋苑。
紫藤凌霄猕猴桃，叠坝鸟语溪水潺。

银杏松柏墓启超,十方普觉卧佛殿。

河墙烟柳掩竹蓠,雪芹柴扉袭晚烟。

乞借春阴佑千香,徜徉三生斯地天。

2019年11月

栖霞山

栖霞精舍金陵秀,丹枫胜地摄山秋。

诸帝驻跸六朝迹,佛学祖庭古刹稠。

紫藤盘曲翠柏荫,古干大枫霜红沟。

阅江览景绝佳地,四海一统雄永久。

2019年11月

南京鸡鸣寺

鸡笼东麓老梵刹,南朝一寺四百八。

孙吴栖玄施后苑,梁武同泰布佛法。

台城观鱼登北阁，凭虚听雨宿僧家。

菩萨倒坐叹众生，塔影横江赏墨画。

2019年11月

南京明城墙

京师应天四重垣，据峰合水依钟山。

控江襟湖带秦淮，纳丘入墙城蜿蜒。

龙盘虎踞岗垄脊，鬼脸石头玄武岸。

糯汁灌浆阅沧桑，宝扇葫芦数百年。

2019年11月

南京博物院

双六馆所蔡翁创，敬直设计思成帮。

帝像毛公后母戊，稀世珍宝一院藏。

嵌石错金怀古蕴，流年碎影念辉煌。

科研落地化国人，智识增进教八方。

2019年11月

夫子庙

照壁泮池聚星亭，明德尊经殿大成。
高厅低房栉鳞比，歌楼舞榭古味浓。
乌衣短巷寻王谢，乡会两试觅榀星。
八方才子江宁聚，六朝金粉秦淮诵。

2019年11月

秦淮河

画舫凌波桨声脆，楼台栉比灯影醉。
粉墙坡屋砖瓦小，白鹭桃叶梦幻回。
六朝烟月繁华闹，八艳秦淮金粉荟。

十里碧水缓流淌，千年胜地又腾飞。

2019年11月

侵华日军南京大屠杀遇难同胞纪念馆

冤魂呐喊灾难墙，和平大钟常回响。
史证脚印馆名劲，母亲呼唤声音沧。
枯树断垣三十万，生痛死恨凄惨象。
断刃成犁慰神灵，狂雪化火浴凤凰。

2019年11月

江宁织造府

南京玄武大行宫，织造部院为朝廷。
曹氏执掌五十载，驻跸康熙与乾隆。
西池楝亭萱瑞堂，有凤来仪竹山中。

北望叠起江南园，迎门石笋青埂峰。

2019年11月

石头城

东吴要塞伫秣陵，扼守淮江石头城。
紫黑相间嶙峋图，口鼻狰狞鬼脸镜。
铁锁沉江降幡出，势奇虎踞兵家争。
马坡唐井清凉寺，踏青觅翠幽古情。

2019年11月

瞻园

南都一园徐达第，瞻望玉堂如天宇。
清幽素雅楼榭阁，陡峭峻拔云峰倚。
飘逸虎碑江院书，苍劲匾额乾隆题。

牡丹红枫记沧桑,石矶紫藤说过去。

2019年11月

阅江楼

矗立下关卢龙巅,四楼之属名江南。
碧瓦赤楹檐摩空,朱帘凤飞彤扉灿。
九桅宝船西洋旅,重八龙椅康熙匾。
青波远眺恢宏势,雄狮卧踞觉不眠。

2019年11月

浦口火车站

绿树小楼百年站,黄墙红顶单柱伞。
佩弦别父泪望影,润之送友离湖南。
国父回柩稍停歇,沫若寻道兹中转。

车道指北思愈长,烟雨朦胧惆更绵。

2019年11月

永定河

治瀔卢沟无永定,蒙源晋冀出津京。
漫溢之口金门闸,沙多砾密堤高耸。
善徙常淤不时决,柴埽护岸麦垱屏。
泛滥迅激难制扼,干涸一苇则不通。
主道断流廿五载,搂粗杨树参天青。
果林庄禾赛马舍,球场草池间曲径。
而今借来黄河水,微波千里至大兴。
起降舷窗瞰碧水,人与自然共谐生。

2020年4月

永定河绿色港湾

搂粗绿杨生河床，繁盛桃梨槐花香。
路旁郁金欧味浓，纷飞彩蝶蜜蜂忙。
乔灌地被层次全，闭环骑行万米长。
生态小镇北臧村，如画风景人醉氧。

2020年5月

昆明西山森林公园

碧鸡关南达灰湾，华亭太平罗汉山。
峰峦起伏林苍翠，百鸟争鸣涧流泉。
七坛月琴守聂耳，凌虚迎曦伴广寒。
卧佛睡美云景秀，高原明珠别洞天。

2020年8月

昆明民族村

孔雀披金兆祥祚,神像着白迎远客。
雕梁画栋檐拱斗,绿荫曲径水陆错。
三月泼水火把明,太阳历柱红房多。
廿五民族缩影真,古今文旅天人合。

2020年8月

崇圣寺

点苍之麓洱海滨,塔钟像佛铜观音。
诏王吐蕃证盟处,九帝崇圣遁空门。
金碧巨丽与峰埒,高松参天鹏翅金。
胜温画卷五百汉,山海大观耸千寻。

2020年8月

洱海

昆弥西洱叶榆泽,山雪倒映碧玉磨。
飞檐翘角望海楼,三岛四洲五湖合。
渔沟之饶淤田利,冬卿纫鱼土锅热。
月圆如轮浮光金,玉镜银涛名远播。

2020年8月

苍山

云岭南北十九峰,蔽日遮天原始松。
茈碧绣球马缨艳,龙胆绿绒杜鹃红。
宝石嵌荫蝴蝶泉,合欢拂翠衔尾缨。
经夏不消苍山雪,望夫玉带妩媚情。

2020年8月

大理古城

紫城叶榆羊苴咩,南诏大理太和阙。
文献名邦木镝楼,双鹤承恩檐山歇。
西云书院私人第,童生考场秀才街。
古宅栉比十八巷,花树扶疏闲悠月。

2020年8月

长沟泉水国家湿地公园

海河流域太行东,万眼清波汩汩涌。
四季恒温古无断,蒹葭荻花飒秋风。
草本沼泽塘稻田,生态恢复休闲景。
沿村龙泉至甘池,保育恢复教利用。

2020年10月

通州漕运码头

八角燃灯伫河岸,京杭运河贯北南。
绿色琉璃过斜厅,波光粼粼思千帆。
漕帮商贾仓储地,柳荫龙舟桥月天。
傍路姹紫沿水行,嫣红夕照更悠然。

2020年10月

宽城文笔峰

八峰错落岔沟门,空中玲珑宝塔身。
松翠楠香荆条密,路弯花艳草木深。
瀑河缓淌波如镜,小城静卧景还新。
北斗七星运昌盛,天枢方亭落笔金。

2020年10月

陆丰碣石镇

碣石汕尾明卫城,御倭海防军民情。
康熙复建苗之秀,雍正九年入陆丰。
片帆入海置重典,百姓流离饥荒生。
龙虾鲈鱼并膏蟹,疍歌木雕九州行。

2020年10月

玄武山

南宋建炎圭山庙,北极玄武天帝骄。
朱家总兵筑卫城,居僧礼佛香火袅。
细竹翠拥曲径幽,鱼跃龙门麒麟翘。
灵光万丈四美亭,玉阁飞笙福星照。

2020年10月

陆丰浅澳渔村

休渔百船卧近滩,懒狗肥猫舟下眠。
明末清初称浅澳,红色堡垒金海岸。
神海沙石崖突兀,绿树婆娑风味咸。
彩灯胜星缀夜幕,妈祖远眺护千帆。

2020年10月

定光寺

岭南定光依清云,东江古刹出秀林。
傍山错落拾级上,回廊蜿蜒蔽日荫。
异鸟显瑞六牙象,悠钟育祥绕梵音。
人间净土佛尼众,紫竹菩萨度万民。

2020年10月

双清别墅

西山南麓香云袅,壁生双泉清水绕。
皇家静宜松坞庄,一池碧水枫叶摇。
秉三总理慈幼院,育才培杰出英豪。
天翻地覆新世界,劳动大学进京考。

2020年11月

红海湾

岛屿散珠南中国,沙滩蜿蜒礁岩多。
天水蔚蓝浪花白,红泥古道明清拓。
潮头奔涌涛声急,海静温柔情莫测。
粤东麒麟分两湾,仙境月升闻渔歌。

2020年11月

炮台公园

夕阳渐沉红海湾,石林露头窥沙滩。
戏浪缓行涛声紧,数串脚印瞬时浅。
古炮昂首瞰三方,烽燧高伫似有烟。
金光流彩帆影密,黄昏絮语玄月偏。

2020年11月

南海寺

遮浪打石南海寺,观音正果说在此。
逢石留景筑阁亭,植树挡荫金花紫。
疍民男孩关四娘,拜修得度面目慈。
礁岩叠兀击千雪,莲花甘露起悠思。

2020年11月

坎下城

北邻后径椭圆城,双墙灰沙垛口丰。
四方防炮八十门,三水倚山守难攻。
武帝城隍石马雕,侨胞心中分量重。
寻根问祖至坎下,金狮献瑞送春风。

2020年11月

凤山祖庙

品清之畔伫凤山,天后圣母入仙班。
商旅舟楫曾如云,鼎盖屿仔泻湖蓝。
相思花粉柴井旧,泥塑嵌瓷彩绘鲜。
信众膜拜香火旺,妈祖俯视佑人间。

2020年11月

文天祥公园

天祥云孙文履善,宝祐丙辰科状元。
切中时弊御试策,爱国之心铁石坚。
少保信国抗元军,海丰被俘拒降叛。
孤忠岭外方饭亭,丹心汗青薄云天。

2020年12月

红宫广场

海丰学宫洪武建,棂星泮池北朝南。
东江特委三起义,更名初诞新政权。
觉悟百姓分田地,农运大王彭湃战。
老区东方莫斯科,燃星执炬红光环。

2020年12月

彭湃故居

汕尾海城桥东社,坐北向南面临河。
仿西建筑风火墙,悠悠水绕彭家过。
得趣书室三间雅,农会雕像六人说。
魂魄离身山河红,赤心仍在埔龙舌。

2020年12月

海丰温厝村

海城莲花温厝村,绿水掩映青山新。
微风拂面画卷展,白墙黛瓦古韵存。
鸟巢打卡鹊登壶,茶艺体验品清心。
云雾缭绕寺庙见,醉美风景乡情淳。

2020年12月

神泉峡

灵溪龙水神泉峡,曲谷幽河险峻崖。
驼铃古道盘龙走,仙潭冰瀑碧空下。
蘑菇怪兽惟妙肖,柱挂锥坨满坡花。
五彩灯照尽宝石,六色光映美如画。

2021年2月

京东大峡谷

葱翠鱼子傍井台,绝壁利剑错落栽。
春花烂漫百鸟啭,夏风和煦畅胸怀。
秋叶红遍层林染,冬冰挂瀑满坡白。
惊险怪灵响五龙,通天曲峡开燕脉。

2021年6月

蟒山国家森林公园

燕山军都伏如蟒,筛海除害葬异乡。
松柏浮云千秋画,青峰碧水万古长。
面目慈善弥勒佛,隐现卧龙彩绘廊。
殷切之思森林拓,勒石为记国运旺。

2021年7月

长阳滨河公园

夹岸芦苇小清河,绿茵满野映碧波。
林荫步道人声少,莲荷小池蛙禽多。
蚁攀核桃冲树巅,娃骑蜻蜓翔柳色。
临水栈道樱花扬,百态广场云影落。

2021年7月

世界公园

迎宾广场泰国象,五洲花车着盛装。
微缩景观近百座,雕铸鎏镀古色香。
悉尼剧院台地园,巴比伦门伫肖邦。
丝路欢歌楼兰韵,寰球民俗舞八方。

2021年9月

房山三流水村

四面环峰霞云南,蜿蜒挂壁有洞天。
鳄鱼望日黑牛岭,风动鹰栖包公棺。
红肖满枝青银沟,饭瓜遍野老龙湾。
大滩杏黄三流水,雨细气清一桃源。

2021年10月

仙西山

拒马潺流大沙地，拾阶换景神吾聚。
清泉飞瀑云出岫，圣佛讲经聆听壁。
魔毯扶摇瞰花黄，峦巅只脚踏京冀。
碧水绿荫佑都城，峰丹壁翠俏仙西。

2021年10月

万景仙沟

毗邻孤山笛子庵，傍居拒马笔架山。
怪脸骆驼蘑菇石，壁虎蝎子香炉岩。
蕴奇藏宝野趣足，林葱木郁芳满天。
千变缭绕山间雾，万景竞秀境中仙。

2021年10月

香山革命纪念馆

四梁八柱像伟岸,香山之春花卉艳。
共商国是群贤毕,渡江战役万帆满。
步入进城扬军威,西苑阅兵开国典。
波澜壮阔革命史,双清奠基迎新天。

2021年10月

正镶白旗

背倚草原望京冀,锡盟察哈蒙古旗。
数学历法明安图,监正三朝贯东西。
布日都庙演教寺,碧水成湖天鹅聚。
浑善达克淖尔多,九连敖包万民祭。

2021年10月

北天堂公园

富氧森林畔左堤,廊架乐园石屑地。
农耕灌溉商贸漕,景墙相连河工历。
云台眺望沙丘野,七彩花阶桃李密。
斜阳在山射冰鉴,倚树望远背彩霓。

2022年1月

青龙湖公园

碧波万顷青龙耀,树影婆娑绿堤照。
天鹅成群野鸭嬉,赏花龙舟酷暑消。
采梨摘果赏月地,草繁木盛野趣高。
晓雾朦胧晚霞红,一盘清水卧京郊。

2022年4月

紫谷伊甸园

毗邻永定古岸堤,沐浴卢沟晓月谧。
风车喷泉鸣钢琴,晓露暮霖润沙地。
树下菊花二月兰,薰衣斗艳马鞭绿。
宛平扶摇吹古今,都市伊甸不难觅。

2022年4月

富国海底世界

水下隧道亚力胶,富国海底童声闹。
与鲨共舞优雅风,美人成鱼姿曼妙。
形色各异鳐鳗龟,邂逅绝美珊瑚礁。
探索未知趣味浓,教育娱乐科技高。

2022年8月

大兴野生动物园

永定河畔大广旁,游览休闲无屏障。
馆内珍禽让投喂,车外猛兽可观赏。
和谐相处体现爱,狮虎和狗能共养。
回归自然突出野,科普基地大课堂。

2022年8月

幽岚山童话森林

依山傍水出幽岚,错落有致生态园。
形态多样药百草,材质迥异水车翻。
丛林穿越飞拉达,白雪公主矮人圈。
却顾来径翠微横,闭目深嗅花味鲜。

2022年10月

虎去兔来

壬寅渐远身体康,癸卯将至春山香。
雨蒙赤县润万物,雪兆华夏丰八方。
金虎过林迎水兔,旅途归家团拜忙。
小村夜静满天星,把酒言欢畅兴邦。

2023年1月

九州伊甸园

潮白东岸植物馆,小桥流水尽江南。
日月同辉大厂秀,花草共荣京东艳。
万果奇缘寿山石,锦鲤竹筏碰碰船。
四季冬夏春秋景,九州伊甸热带园。

2023年4月

元上都遗址

闪电河畔金莲川,南临都水北龙山。
宫皇外厢寺庙群,分层放射样式全。
园林御苑行宫在,四横三纵分城垣。
大安穆清宣文阁,明德拾阶通御天。

2023年8月

锡林郭勒博物馆

锡林郭勒远古忆,乌兰牧骑近主题。
莽原缩影辽阔家,文化积淀上都遗。
伊和淖尔北魏墓,德润北疆模范聚。
沉浸体验民族风,马上大汗天骄气。

2023年8月

蒙古汗城

西乌腹地绿草香,畜群如云长调乡。
零落散布蒙古包,辐辏向心金顶帐。
祭拜敖包那达慕,奶酒绵醇琴悠扬。
游牧之源民饰都,搏克摇篮汗城邦。

2023年8月

霍林郭勒观音山

森林湖泊嵌草原,河流峰石峡谷险。
元朝帝王雕塑群,霍林郭勒苍可汗。
怪石敖包大金帐,皇家牧场野狼翻。
山门栈道花香郁,民俗风情好景观。

2023年8月

乌拉盖九曲湾

蜿蜒曲折似哈达，绿原镶银伴野花。
牛羊成群点红柳，百鸟低旋景色佳。
高尧草茂多名药，俯瞰清河更念家。
必成繁盛神功造，浑然天成妙卷画。

2023年8月

乌拉盖在水一方

巨龙蜿蜒待腾挪，清流悠悠奏乐歌。
夕阳彩云映微澜，红柳扶岸吻碧波。
夏绿秋黄温柔乡，滋养生息摇篮河。
白云绵绵笼天地，在水一方美更多。

2023年8月

乌拉盖知青小镇

红旗照壁光芒射,砖房大院各种车。
劳动工具依旧在,盏盏马灯亮坡窝。
篝火燃爆青春焰,进取奉献斗诸魔。
天边草原乌拉盖,屯垦戍边效祖国。

2023年8月

乌兰五台

晋黄乌红皆五台,第一敖包玉面裁。
汉白立柱苏鲁锭,思汗坐像天骄派。
佛经金蛙黑龙腾,石磴圣火铁骑开。
莲聚菩提四谛塔,神变降凡涅槃来。

2023年8月

锡林浩特贝子庙

满巴活佛五大殿,班智达葛根崇善。
水草肥美风光秀,锡林清流北向缓。
八世活佛法丹僧,十三敖包神灵全。
北国名刹第一寺,拱檐楼阁话从前。

2023年8月

水岸潮白景区

绿皮火车炊烟香,蒙古大营赛马忙。
李家小院羊羯烂,乡间民宿花芬芳。
共享农场部落美,非遗传习景泰光。
生态涵养居游地,寻梦乡愁潮白旁。

2023年8月

大厂书画院公园

白玉拱桥水流缓,影视小镇比邻边。
朱熹塑像静默伫,书画观景展览馆。
光伏路灯夜夜亮,民俗手工样样全。
物我合一境升华,月秀日腾满庭院。

2023年8月

杨柳青庄园

子牙河畔大柳滩,风光旖旎有炊烟。
天然氧吧乡土气,万亩果树金银满。
寂寞方塘老荷叶,亲水别墅四合院,
风物纯美环境幽,素质拓展生态园。

2023年10月

杨柳青年画馆

安氏祠堂赶大营,两进四合秀古风。
中有穿堂隔南北,明间厢房布局同。
年画福祥雕版精,造型严谨形象生。
千家勾描套点染,万户彩绘裱丹青。

2023年10月

杨柳青古镇

柳口巡检贞祐兴,至正得名杨柳青。
木版年画取材广,砖雕剪纸飞风筝。
石家大院名华北,御河人家有乌篷。
戏楼牌坊文昌阁,古镇三宝佑众生。

2023年10月

杨柳青古镇石家大院

道光异爨裂四帮,光绪石府尊美堂。
十二院落坐北南,正偏格局步步强。
东主西客工更精,戏丽楼华屋还敞。
小园别致山水秀,华北首宅最爱乡。

2023年10月

平津战役天津前线指挥部旧址

杨柳古镇药王庙,四合宅院驻英豪。
平津战役地图新,黑色话机皮壳老。
亚楼发布总攻令,廿九小时金汤桥。
领袖手稿鼓斗志,浴血烽火战旗飘。

2023年10月

凤凰岭

稻香湖畔南鹫峰，北望八达出居庸。
气纯空清负氧多，峰奇石怪神泉丰。
春花如海夏瀑白，冬峦晴雪秋叶红。
京西黄山卧玉兔，魏家老爷凤凰岭。

2023年10月

红色背篓基地

万载史前周口店，千年灵秀出幽岚。
平西红壤星火耀，背篓供销民心暖。
蔓藤成规人下乡，向日摩天货上山。
民宿文旅快活林，秀美坡峰谐自然。

2023年10月

龙脉温泉度假村

长城蟒山十三陵,南国风光北水城。
首屈一指淡温泉,景美堪比兔耳岭。
花园别墅竹林庭,行宫总统娱乐宫。
热带雨林健身馆,休闲放松能尽兴。

2023年10月

苏州博物馆

湖亭山林紫藤园,忠王府第吴珍馆。
元气淋漓闲情寄,源流诸子典藏卷。
飞檐翘角璃石映,素色微理庭院间。
国宝风雅共书画,晨光熹微锦江南。

2023年11月

平江路

三里横街多窄巷,干将白塔河街长。
条石路面砌人字,油纸伞下觅丁香。
洪钧金花传佳话,清静古朴琴悠扬。
古城缩影见唐宋,沿河路弄傍平江。

2023年11月

观前街

东起醋坊西察院,黄黑白灰霓虹翻。
儒道互补核带翼,三贤祠巷弄太监。
正兴璇宫蔬食林,叟童吆喝糖粥摊。
香樟桂花银杏木,碎锦天庆玄妙观。

2023年11月

七里山塘街

吴中名胜虎丘里,宛转山塘白公堤。
列肆招牌灿云锦,商会博物画舫集。
普福禅寺葫芦庙,士隐如海比邻居。
水阔桥拱逶迤行,上等富贵风流地。

2023年11月

网师园

亭台楼榭皆临水,古树名花漫点缀。
麻雀虽小五脏俱,宋官正志书香飞。
琵琶昆剧惊园梦,大千仲兄豢虎碑。
万卷渔隐十二景,锁云锄月殿春辉。

2023年11月

金鸡湖

南邻独墅西门塘,北纳娄水东淞江。
音乐喷泉摩天轮,李堤桃岛桥瀑长。
圆融雕塑码头月,湖滨大道幕影靓。
王女琼姬思过地,泾溽镜鸡映东方。

2023年11月

寒山寺

妙利普明南萧梁,寒山希迁高僧创。
徵明书片唐寅文,张继诗碑拾得像。
江村桥堍黄照壁,翘檐飞角古香樟。
夜半钟声返月落,渔火乌啼邂秋霜。

2023年11月

西园寺

戒幢律寺阊门外,归元西园律宗在。
重檐歇山雕栏饰,梁枋苏绘绚丽彩。
开敞院落平整阔,钟鼓宝殿罗汉来。
照壁牌楼半围合,寺猫随见素面嗨。

2023年11月

环球影城(一)

魔法世界火车大,骑帚飞行忽上下。
变形金刚基地深,巢穴部队护万家。
功夫熊猫盖世雄,宫村仙桃神龙侠。
冬季奇境主题园,娱乐探险接不暇。

2023年12月

环球影城（二）

环球总部虎霸天，传奇现场风刃甜。
侏罗世界布拉岛，全地豪华大冒险。
哈利·波特魔法地，霍格莫德四分三。
未来巨水避难所，爆破特技身湿满。
功夫熊猫神龙侠，阿宝与敌重开战。
回归纯真小黄人，释放天性竞撒欢。
浮华之城好莱坞，踏入银幕光影间。
霓虹街市美食多，畅聊精彩笑语翻。

2023年12月

如梦令·运河广场庙会

甲辰新春运河，灯笼彩旗船泊。
游人摩肩踵，笑语洒满碧波。

舞动、舞动,金龙红狮共贺。

2024年2月

浣溪沙·城市绿心国际风情文化节

绿心公园柳见青,花灯灼灼映碧空。
民俗展览趣意浓。
游人如织皆陶醉,城市之肺展新容。
歌舞飞扬欢乐颂。

2024年2月

如梦令·高碑店北库小镇

小镇古风犹存,古稀岁月留痕。
锣鼓高跷闹,家家笑语迎春。

且寻、且寻，游人流连牵魂。

2024年2月

忆江南·高碑店四届花灯节

龙年到，花灯照高碑。
四届艺节添锦绣，千姿百态斗芳菲。
欢声满载归。

2024年2月

一剪梅·河北保定易县太行水镇

青山环绕水镇旁，古朴民居，韵味悠长。
石路蜿蜒通幽径，溪流潺潺，映照日光。
田园美景如画卷，太行风情，潜入心房。

游客纷至寻雅趣,沉醉其中,忘返故乡。

2024年2月

一剪梅·元宵

银花火树照汤圆,同闹元宵,共把酒盏。
狮舞龙腾祥瑞升,张灯结彩,笑语频传。
柳绿河开雁归来,望兔祝祈,得遂诸愿。
海北天南人皆乐,和谐你我,平顺康健。

2024年2月